犯人は、あなたです

新堂冬樹
Fuyuki Shindo

河出書房新社

犯人は、あなたです

0

16日に世田谷区上用賀《かみようが》の絹田公園で発見されたバラバラ遺体の身元が判明した。遺体の男性は二子《ふたこ》玉川在住の森野《もりの》啓介《けいすけ》さん（25歳）。森野さんは渋谷区神泉《しんせん》町の「どんぐり出版」の文芸編集部に編集者として勤務していた。入社三年目にもかかわらず、これまでに何冊ものベストセラー作品を生み出しており、今年には担当している大御所作家の脇坂宗五郎《わきさかそうごろう》氏が「仮面」で文学賞最高峰の「春木賞《はるきしょう》」を受賞した。

＊

人殺しにランクがないことはわかっています。けれど、「上用賀バラバラ殺人事件」の犯人は許せません。

近所の住民が飼い犬と公園を散歩中に、犬がレジ袋に入った右の手首を偶然に発見したことで、事件が発覚しました。その後、警察の捜索によって、左の手首と右の膝下が公園内のトイレの貯水タンクから、手首のない左腕と右腕が別の個室の貯水タンクから、両足がない胴体が三十キロのダンベルとともに池から、左の膝下が植え込みから、頭部はベンチの下から発見されました。人間が人間の身体を切り刻むというのも鬼畜《きちく》の所業ですが、私が信じられなかったのは最後に発見された頭部にあんなことをされていた事実です。

いえ、事実と書いてしまいましたが、この情報を知ったのはネットの掲示板なので真偽のほどはわかりません。ですが、たとえあんなことをしていなくても、人を殺した上に遺体をバラバラにできるという時点で犯人は悪魔のような人物だと思います。

＊

『あくまでも私の見解ですが、犯人に計画性があったとは思えませんね』

『と、いいますと、どういうことでしょうか?』

『バラバラ殺人といえば用意周到な犯人像を思い描かれるかもしれませんが、必ずしもそうとは言い切れません。たとえば、遺体の遺棄一つを取っても行き当たりばったりな感じが窺《うかが》えます。そもそも犯人が遺体をバラバラにする理由は、見つからずに処理しやすくするためです。本当に綿密な犯人だと、肉や内臓は骨から削《そ》ぎ落としてコマ切れにしたあとにミキサーにかけて液状化し、骨は砕いて粉末状にして海や川に捨てるという方法で遺体を消そうとします。そこまで綿密でなくても、遺棄する場所をもっと考えるものです。少なくとも、すぐに発見されるような公衆トイレの貯水タンクや植え込みに隠したり、底の浅い池に沈めたりはしません』
『なるほど。小池さんの見解では、犯人の遺体の遺棄の方法が雑過ぎると……つまり、そういうことですね？』
『ええ。恐らく犯人は、森野さんを殺したあとに遺体の処理に困り、とりあえず隠せる場所に捨てた、という程度の発想だったと思います』
『一部で犯人は、森野さんの知り合いだという説も出ています。森野さんの上司の証言によれば、行方不明になった日は同僚の送別会があったそうです。上司が森野さんを誘ったところ、今日は知人との大事な約束があるから、と断ったと言います』

＊

森野さんと同期入社のA氏は、こう語っている。

「啓介は、トラブルを抱えていたようです。それが身内や友人関係なのか、仕事関係なのかは本人から詳しく聞いていないのでわかりません。ただ、行方不明になる前日か前々日あたりに、会社の入っているビルの屋上で彼が誰かと電話で口論しているのを偶然に聞いてしまいました。ビルは全フロア禁煙で、喫煙するときは外に出るか屋上に行きます。啓介はすぐに私の存在に気づき口論をやめたので内容は聞き取れなかったのですが、かなり激しい口調でした。普段の啓介は凄く温厚な男だったので、そのときの彼の姿が強く印象に残っています」

A氏の証言を元に考えれば、森野さんはなにかのトラブルに巻き込まれて殺害された線が強くなる。

また、作家の橋爪健太郎《はしづめけんたろう》さんは、森野さんの人柄をこう語っている。

「いまだに、森野君の死を受け入れることができません……。私はデビューして十三年間鳴かず飛ばずで初版止まり。とりわけこの数年は出す本出す本がどこの出版社でも赤字になり、部数どころか印税も下がる一方で、もう作家をやめようかと思い悩んでいました。どの出版社の編集者も冷たく接してくる中、新人編集者だった森野君だけはこんな私に優しく接してくれました。それだけじゃありません。いま売れ筋のテーマを一緒に考え取材にも同行し、資料も集めてくれました。おかげで、デビュー十八冊目で初めてのベストセラーとなりました。私にとって森野君は、単なる文芸編集者ではなく命の恩人といっても過言ではありません。あんなに思いやりのある青年がこんな無残な最期を迎えるなんて……私は、絶対に犯人を許しません」

『週刊秋冬』では橋爪さんやA氏以外にも親戚、友人、知人を取材したが、森野さんの人柄を悪く言う人はいなかった。

警視庁の発表によると、検死解剖の結果、森野さんの胸部と腹部には五十ヵ所以上の刺傷があったと言われている。

犯罪心理学者の帝徳大、中川原《なかがわら》教授は電話取材で、既に事切れた相手を執拗《しつよう》に刺す心理状態から、森野さんに深い恨みを持っている者の怨恨《えんこん》による犯行の可能性が考えられるとの見解を述べた。

取材を進めていくうちに、当誌はある人物から気になる話を聞いた。

その人物とは、森野さんが作家の接待に使っていた銀座のクラブ「紫苑《シオン》」のママだった。

「ウチはいいお値段を頂いている店なので、大手出版社ではない、しかも若い森野さんが接待に使うのは月に一回あるかないかでした。お店に来られるときは、いつも『春木賞』作家の脇坂先生がご一緒でした。森野さんの担当の中でも脇坂先生は群を抜いて著名な作家さんだったので、特別待遇で接待して、ほかの出版社に浮気されないようにしていたのでしょう。そんな森野さんが、ある日を境に一人で来店されるようになりました。それも、週に一回の頻度で。誰を指名するでもなく、一時間ほどカウンターで飲んでは帰るというパターンでした。もちろん領収書は切りません。私どもの店は女の子がつかなくてもそれなりのお代を頂きますので、中小企業のサラリーマンの方には楽な出費ではなかったはずです」

ママはそれ以上を語らなかった。しかし、「紫苑」に勤めるホステスから興味深い話が聞けた。

「森野さんのことは、印象に残っています。女の子を指名せずにカウンターでひたすらハイボールを飲んでいるお客様は珍しいですから。でも、気になっている子はいたみたいです。Mちゃんっていう十八歳の新人の女の子のことを、いつも視線で追っていました。多分、森野さんはMちゃん目当てに通っていたんだと思います」

健全な男性が若いホステスに興味を示すのは、当然のことである。しかし、周辺取材を進めても朗らかで誠実な人柄と、奥さん思いのエピソードしか出てこない森野さんの話となれば、一般男性の感覚と同列には考えられなくなる。

筆者は、Mさんという新人ホステスが事件のカギを握っていると思えてならなかった。

そこで、筆者はMさんに引き続き取材を敢行することにした。

『週刊秋冬』は、森野さんを惨殺した卑劣な犯人が捕まるまで全力で警察に協力することをこの誌面にて誓う。

Mさんの取材の模様は、次号に特集ページで掲載する。

＊

『こんなことになって……非常に残念です。森野君は作家からの評判がよく、誠実で朗らかな人柄は誰からも愛されていました。本当は、テレビに出演できる精神状態ではないのですが……彼の上司として、友人として、少しでも捜査の役に立てればと……』

『一部週刊誌の報道によると、森野さんが通い詰めていた銀座のクラブのホステスとの関係が取り沙汰されていますが、中富《なかとみ》さんはその記事をお読みになりましたか？』

『ええ、読みましたが、根拠のない報道ですから』

『ということは、森野さんは名前が挙がっている銀座のクラブには行ってないということなんでしょうか？』

『件《くだん》のクラブはウチの出版社でも作家の接待に使うことはたまにありますので、森野君も行ったことはあると思いますよ』

『そうなると、森野さんは記事に出てきたMさんというホステスと面識はあったんでしょうか？』

『ちょっと、待ってください。さっきから、なにが言いたいんですか？　クラブに通い詰めていたとかホステスとの関係が取り沙汰されているとか、そういう断定的な物言いはどうかと思いますよ。あなたの言いかたでは、まるで森野君にも非があるみたいじゃないですか!?　あくまで一部週刊誌の根拠のない報道ですし、記者の憶測と悪意に満ちた記事を真実とした前提で質問してくるのは、殺害された森野君への侮辱《ぶじょく》です！』

『週刊誌の報道が真実だなんて、思っていません。緊急特番の生放送を組んだのも、一刻も早く犯人を逮捕したいという一心からです。記事の内容を質問したのも、もし、そのホステスが森野さんの事件についてなにか手がかりになるような情報を持っているのなら、番組中に連絡してくるかもしれないという期待を込めてのことです』

『だったらなぜ、最初からそう言わないんですか？　あなたは局のアナウンサーなんだから、テレビの影響力は誰よりもご存じのはずでしょう⁉　さっきの言いかたでは、森野君が銀座の若いホステスに入れ揚げた挙句、なんらかのトラブルに巻き込まれて殺されたという印象を与えてしまいます。森野君には、残された家族もいるんです。あなた方テレビが視聴率のために面白おかしくゴシップ的に報道することで、遺族の方がどれだけ苦しむと思っているんですか⁉』

『不適切な言葉がありましたら、お詫び致します。ですが、番組は視聴率狙いでゴシップ的に事件を取り上げているのではなく、あくまでも森野さんを殺害した犯人の手がかりをテレビの力を利用して集めようと……』

『それが詭弁《きべん》だと言ってるんですよ！　視聴率のためでないのなら、なぜ、この事件を取り上げるんですか？　殺人事件は、毎日のように発生しているでしょう⁉　森野君が有名人ならわかりますが、一般人です。そもそも、有名人が殺害されたらテレビやマスコミが大きく取り上げるのは、話題性があり、視聴率が取れ、週刊誌の購買部数が伸びるからですよね？　純粋に殺人犯の情報を得るのが目的なら、有名人でなくてもいいわけですから！』

『お言葉ですが、森野さんは芸能人でもスポーツ選手でもない一般の方です。私たちが視聴率を目的に特番を組んだのではない証明にはなりませんか？』

『いまは文芸編集部の編集長をやっていますが、以前は雑誌編集部の副編でした。これでも、数字を伸ばすノウハウは知っているつもりです。たしかに森野君は一般人ですが、若くして「春木賞」作家を見出した敏腕《びんわん》編集者であり、おまけに五十回以上も刺されたバラバラ殺人事件の被害者です。しかも、週刊誌に森野君の女性関係のトラブルを匂わせる記事が載りました。週刊誌の報道が真実かどうかは関係なく、本当かも、という可能性があるだけで事件に興味を持つのが人間の性《さが》です。まるで、ミステリー小説のページを捲《めく》る手が止まらないようにね。有名人の不倫問題で最も視聴率が高く取れるのは、本人が認めずに言い訳しているときだと言います。良心だ誠実だと声高に偽善を口にしているくせに、本人があっさり認めて謝罪したらテレビは後追い報道をしませんからね。週刊誌も似たようなものですが、テレビと違うのは発信した情報は選んだ読者にしか伝わらないということです。それに引き換え、テレビはスイッチを入れるだけで無差別に情報が溢れ出してきます。そしていま、私がこんなふうに番組批判をしているのも、プロデューサーは大喜びでしょうね？』

『そんなこと、あるわけないじゃないですか。内心、こういう展開になってパニックですよ』

『そうであれば、ＣＭを入れるはずです』

『ＣＭは番組の都合で勝手に入れたりは……』

『局Ｐの友人がいますが、生放送はアクシデントに備えて緊急用に挟めるＣＭがあると聞きました』

『い、一日、CMに入ります』

＊

1 「上用賀バラバラ殺人事件」、犬がレジ袋に入った手首をくわえてきたんだって(笑)

2 1↑犬がくわえてきたんじゃなくて、発見したの間違いだろ？

3 公園の公衆トイレの貯水タンクから左の手首と右の膝下、別の個室の貯水タンクから手首のない左腕と右腕、池から三十キロのダンベルに括《くく》りつけられた、頭部と両手と両足がない胴体、植え込みから左の膝下、ベンチの下から頭部が発見されたらしいぞ。

4 なんか、雑な捨てかたじゃね？

5 犯人は引きこもりのチェリーボーイに決定。

6 いや、少年法で強気な厨房《ちゅうぼう》(藁)

7 殺されたの、凄腕の編集者だったんだろ？

8 森野君は作家さんの評判がよく、誠実で朗らかな人柄は誰からも愛されていました。(上司談)

9 週刊誌で読んだけど、被害者が銀座のクラブのおねーちゃんに嵌《はま》ってたって本当か？

10 彼氏がヤ○ザでバラバラ(笑)

11 彼氏がドキューンでバラバラ(笑)

12 10と11↑お前ら最低の糞。人の死を笑いものにすんな！

13　12↑お前のほうこそ偽善者の糞の中のギョウチュウ。このスレッド覗いている時点でアウト（藁）

14　犯人は山野《やまの》家《け》の誰か。

15　山野家？　なにそれ？

16　15↑上用賀に住む被害者の親戚。

17　16↑なんで親戚が殺す？

18　17↑親が子を殺し、子が親を殺す時代。親戚が殺しても不思議じゃない。

19　15↑「サザエさん」の磯野家に憧れるドキューン家族（藁）山野家を知らないのか？　有名な家族で、テレビで何度も取り上げられているぞ。

20　19↑「ビッグダディ」みたいな家族？

21　全然違うけど、「サザエさん」と家族構成が同じなんだよ。それをテレビ局が面白おかしく取り上げてシリーズもので特番を作っているって意味では同じかな。

22　19↑正しくは、「サザエさん」の磯野家に憧れるドキューンな親父がいる家族。ヴィジュアルや喋《しゃべ》り方まで波平《なみへい》に似せ、「大黒柱」であることに命を賭けているイタい家長の泰平《たいへい》。以前の特番で同居している娘婿《むすめむこ》の正夫《まさお》が「僕は山野家の大黒柱として……」という発言をした時の泰平の顔はヤバかった（藁藁）

23　19↑日曜十八時三十分の国民的アニメの家族像に憧れ、少しでも近づこうと日々涙ぐましい努力を欠かさない泰平。彼はファミリーイメージが崩れる言動をなにより嫌う。泰平の磯野家にたいする思い入れは相当なもので、言葉遣いや気質だけでなくビジュアルも寄せるために視力は一・〇あるのに丸いフレイムの伊達眼鏡《だてめがね》をかけ、家では冬は着流し夏は浴衣《ゆかた》を着ているほど。「死ぬまで家族団欒《だんらん》」というのが、泰平が掲げている山野家のスローガン。磯野家のある桜新町と隣同士の用賀に平屋を購入したのは、もちろん偶然ではない。ただ、家族構成が同じなのは、まったくの偶然。泰平の尋常ではない磯野家への思い入れが、奇跡を起こしたのかもしれないとはテレビ談。本当は猫も飼おうとしていたらしいが、自身がひどい猫アレルギーであることが判明し泣く泣く断念したという。泰平が描く「家族団欒」の定義は、一つ屋根の下に住み、特別な用事があったり具合が悪くないかぎり夕食はみなで摂るということ。家族から畏敬《いけい》の念を抱かれる威厳《いげん》に満ちた父、家族から慕われる良妻賢母の母、家族を明るくまとめるムードメーカーの長女、家族を和《なご》ませる優しく穏やかな娘婿、家族に笑いを運ぶやんちゃで陽気な長男、家族の自慢の優等生の次女、家族の宝物的存在の無邪気な天使である孫……泰平にとって、磯野家こそ日本の幸福な家庭の象徴。しかし、アニメと違って山野家の面々は年を取る。そこがドキュメンタリーのキモで、泰平の逡巡《しゅんじゅん》が時折、ナレーションで挿入される。とりわけ、「正直、いつまで『山野家』は続くと思いますか？」というディレクターの質問への泰平の答えがヤバイ。「大人になったら実家を出るなんて、誰が決めたのだ？　一夫《かずお》も若菜《わかな》も将来結婚したら、早苗《さなえ》のように家族ともども山野家で暮らせばいいではないか？　敷地には余裕があるので増築できる。もちろん、タッちゃんも……」

24 23↑おいおい、こいつ、なにマジレスしてんの（藁）

25 23↑ていうか、詳し過ぎ。何かの引用？　関係者？　山野家のストーカー？

26 21・22・23↑山野家のことはわかったけど……この事件にどうして山野家が関係ある？

27 26↑死体が発見された「絹田公園」は、山野家から徒歩数分。家長の山野泰平は短気で、すぐに息子の一夫に雷を落とし、ときにはゲンコツで殴りつける暴力的な男。

28 26↑しかも被害者が出版社に就職できたのも、「サザエさん」の世界に近づけるために、山野泰平がテレビ局に頼み込んで裏から手を回したとの噂も（藁）

29 あのオヤジならやりかねない。ほんとにアイツ、ヤバいよな。「山野家の団欒は、泰平のゲンコツと雷によって守られている」とかキメ台詞《ぜりふ》のような昭和なナレーションが入るけど、雷を落とされてゲンコツで殴られるのは長男の一夫だけ。長女の早苗も次女の若菜も孫の達夫も妻の稲《いね》も娘婿の正夫も、たまに怒られることはあっても殴られたことはない。単に、一夫の出来が悪いだけ。

30 山野家が犯人なら、俺は正夫が黒に一票！　娘婿でいつも気を使ってにこにこ泰平や稲に愛想を振り撒き、早苗のわがままに振り回されるストレスは半端ないはず。

31 黒正夫降臨！

32 俺は稲が本命二重丸！　山野家の良妻賢母を演じるストレスは、娘婿の正夫の比ではない。

33 ダーク稲降臨！

34 お前らみんな氏《し》ね！　通報するぞ！　憶測で茶化して適当なことばかり言いやがって！　だいたい、被害者の親戚で遺体が捨てられていた公園の近所だからって、なんで山野家の誰かが犯人だと疑われるんだよ⁉　お前らみたいなクズがいるから冤罪《えんざい》事件が起こるんだよ！　てめえの家がそんなふうに面白半分に疑われたらどんな気分になるか考えてみろ！

35　34↑週刊誌の方がよっぽど酷いって。そもそも、テレビ出ている時点で公人じゃないの？
36　34↑ムキになってる厨房降臨！
37　34↑ムキになってる偽善者降臨！
38　34↑正体は山野泰平
39　34↑正体は山野稲
40　34↑正体は谷野《たにの》早苗
41　34↑正体は谷野正夫
42　34↑正体は山野一夫
43　34↑正体は山野若菜
44　34↑正体は谷野達夫
45　38から41まではいいとして、一夫は小学五年生で若菜は小学三年生、達大に至っては三歳だぞ？　いくらなんでも、大人殺してバラバラになんてできないだろ？
46　知り合いが警察官の弟なんだけどさ、被害者の切断された首が発見されたとき、口に性器をくわえさせられて、眼球が刳《く》り貫《ぬ》かれた右の眼窩《がんか》に陰嚢《いんのう》が突っ込まれていたらしい(涙)
47　え⁇　犯人は、被害者のちんこと金玉を切り取って目ん玉と口に突っ込んだってこと？
48　47↑表現生々し過ぎ。
49　47↑警察官の弟は、そう言ってた。
50　46の話が本当なら、犯人はそーとーな変態だな。
51　変態なら、谷野正夫が犯人に決定！　ああいう真面目そうな顔してる男がアブノーマルなセックスを好むもんだ。
52　51↑禿《はげ》しく同意。早苗の鼻の穴とか耳の穴に射精してそう（藁）
53　犯人は、変態っていうより鬼畜だろ？
54　鬼畜なら、山野稲が犯人に決定！　ああいう非の打ちどころのない良妻賢母なイメージの女が、裏ではエグいことをやってるもんだ。
55　54↑禿しく同意。夜中に公園で猫を捕まえてサラダ油をかけて火をつけてそう(ﾟДﾟ1ﾉ))ﾉ
56　54↑禿しく同意。夜中に近所の犬が寝ているところにトイレ洗剤とかぶっかけそう(ﾟДﾟ|||)

*

『啓介は……啓介は……まだ二十五歳という前途有望な若さで……』

『森野啓介さんは、泰平さんにとってどういう存在だったんでしょうか？』

『あいつは早くに親を亡くしていて……啓介はわしにとって……息子同然でした。どんなに仕事が忙しいときでも、体調が悪いときでも、いつもニコニコして……。わしが、どれだけ救われてきたことか……。どうしてあんなにいい人間が、こんなひどい目にあわなければならないのか……犯人は、絶対に、許せません！　いまでも……悪夢を見ているんじゃないかという気になります。悪夢なら、どんなに嬉しいことか……。わしより早く逝きおって……馬鹿もんが……馬鹿もんが……』

＊

『啓介君とは、年が近いこともあって親しくしていました。誰からも愛される明るくて憎めない性格をしていました。そんな彼が殺されるなんて……』

『正夫さんは、森野さんが誰かと揉めていたとか、誰かに恨まれていたとか、そんな話は聞いたことありませんか？』

『いえ、まったくないです。啓介君を知っている人なら誰でもわかることですが、彼は人に恨まれるような男ではありません。平和主義者を絵に描いたような男でして、揉め事とは無縁の人間でした』

『では、正夫さんは、森野さんが通り魔的な犯罪に巻き込まれた可能性が高いと思われますか？』

『そうとしか、考えられません……』

『そうなると不可解なのは、胸部と腹部に五十ヵ所以上の刺傷があったことです。行きずりの犯行なら、そんなに刺すものでしょうか？　そんなに刺すという心理状態は、森野さんに深い恨みを抱いた……』

『もう、やめてください。すみません……このへんで終わってもいいですか？　これ以上は、答えられそうにありませんので……』

『啓介さんを恨んでいた人ですか？　少なくとも、私の知っているかぎりではそんな人はいませんでした』

『稲さんの前にご主人の泰平さんと娘婿の正夫さんにも話を伺ったのですが、同じようなことをおっしゃっていました。ですが、犯人が森野さんを五十ヵ所以上も刺していることから、警察は怨恨の線で捜査を進めています。山野家のみなさんが知らないような森野さんの一面があったとは、考えられませんか？』

『啓介さんのことは生まれたときから知っていますから、なにかおかしなところがあれば感じていたと思います』

『最後に、犯人に言いたいことはありますか？』

『罪を償うのに、遅過ぎるということはありません。あなたの中に残っているはずの良心に、私は期待しています』

＊

『啓介さんが殺されたなんて、いまだに信じられないわ……。週刊誌には怨恨による犯行みたいなことが書いてあったけど、あんなに人望のある人を殺すほど恨んでいる人がいるなんて考えられないわ』

『山野家のほかのみなさんもそうおっしゃってますが、早苗さんから見て森野さんの夫婦関係はどうだったんでしょうか？』

『それは、どういう意味かしら？』

『いえ、取材を進めていくうちに、森野さんに女性関係のトラブルがあったのではないかと、そういう情報が入ってきまして』

『情報って、なによ？』

『森野さんの勤務先の「どんぐり出版」で利用していた銀座の「紫苑」という高級クラブに、Mさんという十八歳のホステスがいました。過去形にしているのは、森野さんの事件が報道されてから「紫苑」をやめているんです。森野さんはこのMさんを巡って、Mさんの元彼と揉めていたという噂が立っています』

『十八歳のホステス⁉　そんな、啓介さんが妙子《たえこ》さん以外の、しかも未成年の女の子とつき合うなんてありえないわよ』

『交際しているとは言ってません。森野さんがMさんに思いを寄せてクラブに通い詰めていたという証言が、ほかのホステスさんから複数挙がっているんです。店に客としてきていたMさんの元彼が森野さんに文句を言ったのがきっかけで揉めたとか揉めないとか……』

『そんなの、すべて憶測と噂話でしょ⁉』

『噂話と言われれば否定はできませんが、何人ものホステスが証言しているのでMさんを巡って啓介さんがトラブルに巻き込まれた可能性は高いですね。それから森野さんには、女性関係の噂がもう一つあるんです。「どんぐり出版」で森野さんの編集アシスタントを務めていた二十三歳の女性と、愛人関係にあったと証言する同僚がいます。森野さんは彼女から離婚を迫られており、そのことで会社でもよく口論していたそうです』

『いい加減にして！　啓介さんを悪者にするような話しかしないなら、もう帰るから！』

1

ひ〜つ〜じ〜が〜い〜っぴき、ひ〜つ〜じ〜が〜に〜ひき、ひ〜つ〜じ〜が〜さ〜んびき、ひ〜つ〜じ〜が〜よ〜んひき、ひ〜つ〜じ〜が〜ご〜ひき、ひ〜つ〜じ〜が〜ろ〜っぴき、ひ〜つ〜じ〜が〜なな〜ひき、ひ〜つ〜じ〜が〜は〜っぴき、ひ〜つ〜じ〜が〜きゅう〜ひき、ひ〜つ〜じ〜が〜じゅ〜っぴき……

「用賀斎場」の二十坪の空間に僧侶の読経《どきょう》と木魚《もくぎょ》の音が響く。その読経に合わせるように、若菜の口元が薄《うっす》らと動いていた。

真一文字に眉の上で切り揃えられた前髪、母親似の丸い顔と小ぶりな鼻……どうやら彼女は祭壇に飾られた遺影をぼんやりとみつめながら羊を数えているようだ。

特徴のあるスポーツ刈りの頭に朗らかな笑顔——遺影の中の啓介が、満面の笑みで参列者を迎えている。

二十五歳という早過ぎる別れに、誰もが動揺を隠せないのだろう。

若菜より啓介と親しくないだろう職場関係者の席からは、嗚咽《おえつ》が漏れている。親族席に座る泰平も、顔を涙でぐしゃぐしゃにしていた。

「倍以上も年上のわしより早く死ぬなんて……許さんぞっ……そんなことは、わしが許さん……絶対に、許さんぞ……」

泰平が、拳で膝を叩きながら涙声を絞り出した。その涙が伝染したというように、早苗も大声を上げて泣いた。一際大きな泣き声が、通夜会場に響き渡る。

正夫も悲痛に顔を歪めていたが、視線は左斜め前……啓介の職場の同僚と思《おぼ》しき女性に向けられていた。

女性は二十八歳の正夫より、いくつか下のように見えた。ショートカットがよく似合う小顔に円《つぶ》らな瞳、ぽってりとした唇とその下のほくろ、ワンピースの胸元のボタンを弾き飛ばしそうな乳房――女性は、場違いな色香を漂わせていた。

「啓介の馬鹿もん……」

よく見ると、啓介の死を悼《いた》みながら泰平も巨乳女性を盗み見している。

「ご友人の方ですか？　さあ、こちらの席へどうぞ」

遅れて現れた二十代前半ほどの韓流アイドルさながらの美青年を、喪主でもない稲がわざわざ出迎え、尻のあたりに手を当てつつ友人、知人の席に案内する。その頬は、心なしか上気しているように見える。

美青年が席に着くと、稲は近親者、親族の席に戻ってきた。

ほどなくして、恰幅《かっぷく》のいい中年男性が現れたが、稲は席を立たず、中年男性に視線もくれなかった。

いつも落ち着きがなく騒がしい一夫が珍しく坊主頭をうなだれ微動だにしなかった。

若菜は首を伸ばし、一夫の足元を覗き込んだ。

一夫はファスナーを開けたスポーツバッグをパイプ椅子の脚元に置き、中に仕込んだ漫画を太腿の隙間から盗み見していた。

若菜の横では、達夫が眠そうに欠伸《あくび》を連発している。

相変わらず巨乳女性をチラ見する正夫と泰平は競うように頬肉を弛緩《しかん》させ、稲は若いイケメン男性に浮き足立ち、一夫はバッグに物を落とした振りをしてページを捲る。

喪主の妙子が、鼻の下を伸ばす正夫に気づき険《けわ》しい形相で睨みつけた。いつもは上品で優艶《ゆうえん》な妙子の眉間《みけん》には深い縦皺が刻まれていた。

美青年をチラチラ見ている稲も、泰平が娘の早苗と同年代の女性に色目を使っていることに気づいていないようだ。

妙子の視線が、正夫から巨乳女性に移った。

正夫を睨んでいるとき以上に、妙子の形相が険しさを増す。

リ～ンゴに～メ～ロンに～バ～ナナに～イ～チゴに～ブ～ドウに～レ～モンに～キ～ウイに～パ～インに～ト～マトに～ス～イカに～ナ～スビに～カ～ボチャに～セ～ロリに～レ～タスに～キャ～ベツに……

若菜は僧侶の読経と木魚のリズムに、今度は果物と野菜の名前を乗せて口ずさんでいる。

☆

喪服に身を包んだ弔問客《ちようもん》が、沈痛な面持ちで焼香《しようこう》の列に並んでいた。

目の前の一夫と同じように若菜は、弔問客に一礼し、祭壇に歩み寄る。

そこここから、弔問客のすすり泣く声が聞こえてくる。

読経と嗚咽が響く中、焼香を終え近親者、親族席に戻っていた泰平が、膝の上で握り拳を作り肩を震わせ泣いていた。赤らんだ団子鼻から垂れた洟《はなみず》が、薄い刷毛《はけ》のようなまばらな口髭を濡らしている。

若菜は祭壇の啓介の写真に向かって合掌、礼拝し、右手の人差し指、親指、中指で抹香を摘まむと目の高さまでおしいただき、香炉に静かにくべた。

焼香の手順は、通夜の始まる前に泰平が一夫と若菜にしつこく指導していた。

ふたたび「啓介」に合掌し、弔問客に一礼すると、若菜は席に戻った。

隣には若菜と十五歳離れた姉の早苗がハンカチを眼に当てている。ハンカチは涙を吸い、剝げたアイラインが黒く滲んでいた。

「早く」

早苗が、なにかを急《せ》かすように正夫に右手を出す。

「え？　なんだい？」

正夫が、怪訝《けげん》な顔で訊ね返した。

「あなたのハンカチを貸してっ。私のは汚れてるのがわからない⁉」

いらついたように早苗が言った。

「あ、ああ……そうだったね。ごめんごめん、気づかなかった……」

正夫が愛想笑いを浮かべ謝罪する。

焼香に並ぶ弔問客が、怪訝な顔で早苗と正夫のやり取りを見ていた。

「あれ？　おかしいな……」

正夫が、首を傾《かし》げながら上着の内ポケットや左右のサイドポケットをまさぐる。

「なにしてるの⁉　早くしてよっ」

早苗が、さらに急かした。

「ごめんごめん、忘れてきちゃったみたいだよ……」

「もうっ、社会人だったら、ハンカチくらい持ち歩きなさいよっ。しかも、通夜の席に持参するのは常識でしょ⁉　もうすぐ三十になるっていうのに、恥ずかしいと思わない⁉」

声を抑えながらも早苗は正夫をヒステリックに責め立て、正夫は早苗にひたすら愛想笑いを浮かべつつ謝罪の言葉を口にする。

「また、そうやってやり過ごす気⁉　少しは、反省してよねっ。上辺だけで謝っているから、いつもいつもいつもいつも同じことを繰り返すんじゃないっ」

「さ、早苗……人が見てるから、もう少し声を抑えて……」

「ほらっ、そういうところが駄目だって言ってるの！」

早苗の怒りの火に正夫がさらに油を注ぐ。

「外面《そとづら》ばかり気にしてるから、同じ過ちを繰り返すのよ⁉　先週もお砂糖を頼んだらスーパーでスティックシュガーを買ってきたり、若菜の上履きに名前を書いてとお願いしたら一夫の上履きに間違って書いたり……人の話を心で聞こうとしないから、いつまで経っても学習しないのよっ」

「ごめんごめん、僕が悪かったよ〜」

こめかみを掻きながら頭を下げる正夫の額には、玉の汗がびっしりと浮かんでいた。

「ほら！　ほら！　それよ、それ！　じゃあ、なにが悪かったのか具体的に言ってみて！」

通夜の席であることを忘れたかのように、早苗が執拗に問い詰める。

「本当に僕が……」

正夫が言葉を切り、視線を早苗から焼香に並ぶ弔問客の列に移す。巨乳の女性が、早苗と正夫のやり取りを驚いたように見ていた。

「僕が……なによ⁉」

早苗が、威圧的に言葉の続きを促した。

「き、君のほうこそ、どうして、いつもそうなんだい⁉　自分の意見こそ百パーセント正しいみたいな、そういう決めつけた物の言いかたは改めたほうがいいんじゃないか⁉」

それまでしどろもどろになっていた正夫が、巨乳女性の視線に気づいた途端に、一転して強気な口調に転じた。

「なんですって……あなた、自分の無能ぶりを棚に上げて私に説教するの⁉」

吊り上がった眼の縁を赤く染めた早苗が、正夫を睨みつける。

「む、無能⁉　一家の大黒柱に向かって、その口の利きかたはなんだい！」

声を裏返しながらも正夫は語気を強めた。

「大黒柱だったら大黒柱らしくしなさい……」

「二人とも、いい加減にせんか！」

顔を紅潮させた泰平が、早苗を遮り一喝した。

葬儀社の担当者が心配そうに親族席の様子を窺っている。弔問客たちの視線が、泰平たちの方へ一斉に注がれた。

「お前たちは、いったい、なにを考えておるんだ！　通夜の席で夫婦喧嘩する馬鹿がおるか！」

「ごめんなさい、父さん。でも正夫さんを見ていると、本当にイライラするのよ。外面ばかりよくて……」

泰平の怒りに早苗は眉を顰《ひそ》めて反論する。

「やめなさいと言っておるだろう。二人とも、ついてきなさい」

泰平は弔問客に一礼すると、早苗と正夫を通夜会場の外に連れ出した。そのあとを、若菜が追う。

「ここなら、人の眼もなかろう」

泰平が注意深く周囲を見渡しながら、駐車場の片隅で足を止めた。

「よいか？　通夜の席で夫婦喧嘩をするやつがおるか！　しかも啓介も妙子さんも、早くに両親を亡くしているんだ。わしと母さんはあいつらの親代わりのようなものだ。わしたち山野家がしっかりしなくてどうする！」

「お義父《とう》さん、僕は怒られていただけで、夫婦喧嘩をしたつもりは……」

「馬鹿もん！　周りから見れば同じだ！　しかもわしたちはただの遺族じゃない。あの『山野家』なんだぞ！　一九四六年から連載がスタートして一九六九年にはアニメ化、初代カツオ役はあの大山のぶ代、一九七九年九月十六日には三十九・四パーセントの最高視聴率を叩き出した国民的家族の平成版と言われているんだ。ただでさえ周囲から好奇な目で見られる存在であることをもっと意識しなさい！」

「すみません！　お義父さん！」

泰平の一喝に、正夫が眼を閉じ首を竦《すく》めた。

「それはそうと、正夫君、君はいつから大黒柱になったのだ？」

泰平が、思い出したように訊ねた。

「え……」

正夫が表情を失った。

「はて？　わしの聞き間違いかな？　さっき、一家の大黒柱に向かってその口の利きかたはどうたらこうたらと言っておらんかったか？」

「あ、いえ……お義父さん、それはですね……言葉のあやと言いますか……」

正夫が、しどろもどろに弁明した。

「山野家の大黒柱は、いつから正夫君になったのかな？」

泰平が、嫌味たっぷりの口調で詰めた。

「ご、誤解ですっ、お義父さん！　聞いてくださいっ、僕はただ……」

「なあ、教えてくれんか？　わしの記憶では、君は娘婿だったはずだがの？　しかもあの家のローンはわしがすべて払っているはずなんだが？」

慌てふためく正夫に、泰平が嫌味を重ねた。

「謝って。あなたが悪いわ。お父さんが聞いてないと思って、調子に乗って大黒柱だと言ったのは正夫さんなんだから！」

強力な援軍を得たと思ったのか、早苗が調子づいた口調で正夫を責める。

「お前もお前だ！　自由奔放なのはいいが、少しは母さんを見習わんか！　大和撫子《やまとなでしこ》とは、日本女性の清らかさや美しさを讃えて言われている言葉だ。お前ももっと……」

「ねえ、もう、戻ろうよ。妙子おばさんたちが、待ってるよ」

若菜が、泰平の袖を摑んだ。

「あ、なんだ、若菜、ついてきておったのか？　すまん、すまん。とりあえず中に戻るぞ。話の続きは家に帰ってからだ」

泰平は二人に言い残し、建物に戻った。

「正夫お義兄《にい》さんもお姉ちゃんも、早く戻ろう？」

若菜に促され、早苗と正夫が暗鬱な顔で足を踏み出した。

☆

「この度はご愁傷様でございます。あまりにも突然のことで哀しみに堪《た》えません。心より、お悔やみ申し上げます」

「この度はご愁傷様でございます。大変お辛いでしょうが、お力落とされませんように」

「この度はご愁傷様でございます。心よりお悔やみ申し上げます」

啓介の勤務先だった「どんぐり出版」の社員が、次々と妙子にお悔やみを述べる。若菜たちが戻ってきたときには焼香も終わり、通夜振る舞いに移っていた。

通夜振る舞いの席には「春木賞」作家の脇坂宗五郎やベストセラー作家の橋爪健太郎、文芸批評家の石野《いしの》勇三《ゆうぞう》をはじめ、各文芸誌の編集者など文壇関係者の姿も多く見えた。

「本日はご多用の中、夫、啓介の通夜に足をお運びいただきましてありがとうございました。また、夫の存命中には格別のご厚情を賜りまして、厚く御礼申し上げます」

弔問客がそれぞれの席に着いたのを見届け、妙子が気丈に挨拶した。

「啓介も皆様に見守られまして、喜んでいることかと思います。ご存じの方々も多いかと思いますが、私も啓介も早くに両親を亡くし、天涯孤独の中で出会いました。十八歳の時にバイト先で知り合って六年、正直、これから啓介がいない人生を考えると不安で仕方ありません。是非これからも、おつき合いの程をよろしくお願い申し上げます。ささやかではありますが、粗茶など用意しております。どうぞ召し上がりながら、故人の思い出話などお聞かせ頂ければ幸いです。それでは、本日は誠にありがとうございました」

妙子が、深々と頭を下げた。稲は喪主の妙子を手伝い、てきぱきと弔問客に挨拶をして回っている。

「ラッキー！　お寿司だ！」

テーブルに並べられた寿司に歓喜の声を上げた一夫が伸ばした手を、早苗が叩いた。

「痛いなぁ、姉さん……どうして叩くんだよ？」

手を擦りながら、しかめっ面で一夫が抗議した。

「ラッキーだなんて……啓介さんが亡くなられた席で、なんてこと言うの！」

早苗が睨みつけると、一夫が肩を竦めて舌を出した。

「若菜姉ちゃん、啓介おじちゃんはどうして死んじゃったの？」

不意に達夫が、若菜に訊ねてきた。

「……えっと……タッちゃん、啓介おじさんは病気で死んだのよ」

突然の甥《おい》の質問に、若菜は少し言葉を詰まらせる。だが、啓介が何者かに殺され、死体がバラバラにされて「絹田公園」に捨てられていたというニュースは、九歳の若菜にもギリギリ理解できているようだ。幼い甥への気遣いが感じられる答えを若菜は達夫の耳もとで囁《ささや》いた。

「啓介おじちゃんは、バラバラになる病気だったの？」

何処かで耳に入っていたのだろう。達夫のその言葉に、場の空気が瞬時に凍てついた。弔問客の視線が、一斉に達夫に集まった。

「タ、タッちゃん、そんなこと言っちゃだめよ」

慌てた声で、若菜が達夫を窘《たしな》める。

「啓介おじちゃん、痛かった？」

若菜の焦りも通じず、達夫が無邪気な質問を重ねた。

「タッちゃん、やめなさいっ」

強張《こわば》った顔の早苗が息子の口を手で塞ぐ。周囲の親族、職場関係者の表情がみるみる硬くなっていった。

「どうしてママは怒ってるの？」

「それはね……あなたから、なんとか言ってよ！」

困惑した顔を、早苗は正夫に向けた。

「タッちゃん、いまは啓介おじさんを天国に送るときだから、静かにしなきゃいけないんだよ」

正夫が、引《ひ》き攣《つ》った微笑《ほほえ》みを浮かべつつ優しい声音で諭《さと》した。

「天国に行ったら、おじちゃんの身体はくっつくの？」

その無邪気で残酷な質問に、そこここからどよめきが起こる。顔面筋が麻痺したように表情を失い絶句した正夫の丸いフレイムのレンズの奥の小さな瞳が、不規則に白目の中を泳ぐ。その下膨れの生白い顔は、耳朶《じだ》まで赤く染まっていた。

異変を察知した早苗が、咎めるような眼で正夫をみた。

「あなた、なに黙ってるのよっ」

早苗の叱責に、正夫が小さく舌打ちをした。

「……あ、あのね……」

「タッちゃん、啓介おじさんは悪い人に殺されたんだ。静かにしないと悪い人に聞こえてしまうから、そんなこと言っちゃだめなんだよ」

しどろもどろになる正夫を遮った一夫の言葉に、通夜振る舞いの会場がさらにざわついた。正夫に助け船を出したつもりかもしれないが、一夫の発言は火に油を注いだようだ。

「啓介おじちゃんは、病気でバラバラになって死んだんじゃないの？」

達夫が、一夫に疑問符の浮かんだ顔を向けた。

「一夫っ、あんた、なんてこと言うの！」

血相を変えた早苗が、一夫を叱責した。

「どうしてだよ？　本当のことじゃないか！」

「本当のことだからってね、こんなところで言うことないじゃないの！」

「ねえねえママ、啓介おじちゃんはどうして殺されちゃったの？」

達夫のダメ押しに早苗は押し黙り、泰平も正夫も、かかわりたくないとばかりに二人で囲碁の話をはじめた。稲にいたってははじめからその話の輪に加わらず、売れっ子ホステスさながらに忙しそうにテーブルを回っている。

「あなた、囲碁の話なんかしていないで、なんとか言ってよ」

「えっ？　どうしたんだい？」

正夫が、白々《しらじら》しく訊ねる。

「聞いていたでしょ!?　知らないふりをするなんて、無責任よ！　父さんも、他人の顔をしてないでタッちゃんに言い聞かせてあげて」

「あ、ああ、そうだな。だが、その前に、ちょっと一服してこようかの。正夫君も、一緒にどうだい？」

「いいですね〜、お義父さん！」

「ちっともよくないわ。二人とも、煙草にかこつけて逃げないでちょうだい」

早苗が、正夫の腕を押さえつつ言った。腰を上げかけていた泰平と正夫が、バツが悪そうに椅子に尻を戻した。

「ねえねえ、お祖父《じい》ちゃん、どうして啓介おじちゃんは殺されちゃったの？　おじちゃんは、悪い人だったの？」

新しい獲物をみつけたとでもいうように、達夫が泰平に質問攻撃を開始した。

「おいおいタッちゃん、なにを言ってるんだ。啓介が悪い人のわけないだろう？」

「じゃあ、なんでバラバラになっちゃったの？」

「これこれタッちゃん、バラバラとか言うんじゃない」

泰平が慌てて唇に人差し指を立てた。

「早苗さんっ、ひどいじゃないですか！　そんなに大声でウチの人のことを……亡くなった人を辱《はずかし》めるなんて……」

血相を変えて歩み寄ってきた妙子が、眼に涙を浮かべて早苗に抗議した。

弔問客の視線が、山野家のテーブルに一斉に集まった。

「妙子さん、誤解よっ。タッちゃんは悪気があって言ったわけじゃなく……」

「タッちゃんだけじゃないわ！　一夫君だって、大声で何度も何度もウチの主人のことを馬鹿にして……」

「妙子おばさん、僕はタッちゃんに本当のことを説明しただけで、啓介おじさんのことを馬鹿になんかしていないよっ」

一夫が顔を真っ赤に染めて弁明する。

「一夫君は小学五年生でしょう？　お通夜の席で言っていいことと悪いことの判断くらいつくはずよ！　でも、泰平おじさまや正夫さんがそんな感じだから、一夫君もそうなっちゃうんでしょうね」

妙子が一夫を一喝したあと、怒りの矛先を泰平と正夫に向けた。

「妙子さんを傷つけるつもりはなかったんだが……山野家の家長として、一夫とタッちゃんの失礼をお詫びする。すまん。この通りだ」

泰平が立ち上がり、妙子に深々と頭を下げた。

「お父さん、ひどいや。それじゃ僕たちだけが悪いみたいじゃないか！」

「馬鹿もん！　責任逃れをする前に、妙子さんに謝るのが先だろう！」

泰平のゲンコツが、一夫の坊主頭に落ちる。

「痛いな～もう……」

一夫は頭を押さえ、半べそ顔で泰平を睨みつけた。

「なんだ⁉　その反抗的な顔は⁉」

二発目が、一夫の坊主頭を痛打した。

「まあまあ、お義父さん、通夜の席ですし。一夫君も悪気はないので……はら、一夫君もお義父さんに謝って」

愛想笑いの正夫が取りなした。

「やだよ……僕はなんにも悪くないじゃないか！　だいたい、義兄さんや姉さんが啓介おじさんが殺されたことをちゃんとタッちゃんに説明しないから、こんなことになるんじゃないか！」

逆ギレ気味に食ってかかる一夫に、一瞬、正夫が怯《ひる》んだ。

「まだそんな口を利くか！」

「まあまあまあ、お義父さん、ここは僕に任せてください」

振り下ろされた泰平の拳を、正夫がふたたび愛想笑いで制止した。

「なんだ⁉　わしに命じるのか⁉」

泰平が、丸眼鏡のレンズの奥の眼を見開き正夫を睨みつけた。

「い、いえ……と、とんでもない！　僕はただ、暴力では一夫君の心に響かないと……」

「馬鹿もん！　家長にでもなったつもりか⁉」

正夫の意見を、泰平の怒声が遮った。

「家長だなんて、と、とんでもないです！」

「だったら、親子の問題に口を挟むんじゃない！　山野家を仕切ってるのはわしだ！　それともなにか⁉　正夫君は、家長の座を狙っておるのか⁉」

「そ、そんなこと、考えているわけないじゃないですか！　お、お義父さん……信じてください！」

「まあまあ、なんの騒ぎですか？」

弔問客のテーブルを回っていた稲が、微笑《ほほえ》みを湛えつつ歩み寄ってきた。

「母さんは口を出さんで……」

「そういうわけにはいきませんよ。そんなにいがみ合っていたら、啓介さんが天国にいけませんからね」

稲が穏やかな口調でいなす。

「だから、わしが家長として揉め事をおさめようと一夫と正夫君に……」

「もう、十分に伝わったと思いますよ。お父さんの言葉は絶対ですからね。いつも、お父さんがみんなを導いてくださって助かります。ありがとうございます」

ふたたび稲が泰平を遮り、感謝の言葉を並べ立てた。

「いや、まあ、家長として山野家をまとめるのは当然のことだからな。わかれば、それでよい」

泰平が腕組みをし、渋々といったふうに頷いた。

「威厳があって頼りがいある父親、良妻賢母で寛容な母親、陽気で純粋な長女、穏やかで人の好い娘婿、快活な長男、優等生の次女、無邪気で愛らしい甥……山野家は、本当に日本の理想を絵に画《か》いたような家族ですね。さすが『死ぬまで家族団欒』をスローガンに、平成の『サザエさん』とテレビでもてはやされている有名家族は違うわ」

突然妙子が、皮肉たっぷりに言い放った。

「なんだ、その棘《とげ》のある言い草は⁉」

泰平が妙子に向き直り、厳しい表情をする。

「おじさんは、おばさん以外にはお強いんですね」

妙子が皮肉を重ねると、泰平の血相が変わった。

「もう、なんだか妙子さんらしくないわよ。どうしちゃったの?」

早苗が、横から口を挟んだ。

「あら、私らしい私って、どんな私ですか? 主人ともども山野家の顔色を窺いながら、目立たぬよう気を悪くさせないよう……身の程を弁《わきま》えた生活を送る脇役の妻ですか?」

妙子が、唇の端を捩《ね》じ曲げつつ訊ねた。

「妙子さんっ、あなた、私たちのことをそんなふうに……」

「早苗、おやめなさい」

稲が、早苗を制した。

「妙子さん、本当にごめんなさいね。私たちは、知らず知らずのうちに啓介さんや妙子さんにつらく嫌な思いをさせていたのかもしれないわね」

稲が、柔和《にゆうわ》な表情で言うと妙子に頭を下げた。

「おばさまは、そつなく、抜け目なく振る舞って、いつも一歩引いた立場で控え目にして……でも、私は知っています。山野家の家長はおじさまじゃなく、おばさまだっていうことを。いいえ、私だけじゃありません。主人も知っています。あ、おばさまはもちろん、早苗さんも、正夫さんも、一夫君も、若菜ちゃんもタッちゃんも、もっといえばテレビの視聴者たちもみんなわかってるはずです。気づいてないのは、おじさまだけですよ。そういうの、『裸の王様』って言うの知ってます?」

妙子が、鼻を鳴らした。

「啓介のことがあるからおとなしくしていたが、もう我慢できん！」

　泰平が気色ばんだ。

「本当のことを言われて、腹立たしいですか？　もっと、言ってあげましょうか？　威厳のある頼りがいある父親を演じる、短気で自己顕示欲の強いおじさま、良妻賢母で寛容な母親を演じる、したたかで支配欲の強いおばさま、陽気で純粋な長女を演じる、自己中心的で無神経な早苗さん、穏やかで人の好い娘婿を演じる、八方美人で無責任な正夫さん、快活な長男を演じる、こすっからく打算的な一夫君、優等生の次女を演じる、心の底では自分以外のすべてを見下し軽蔑する若菜ちゃん、無邪気で愛らしい甥を演じる、生意気なタッちゃん……啓介さんが出版社に就職が決まった時、おじさんはお祝いを言う前に慌ててテレビ局に連絡を入れていたわよね。その翌週には特番まで決定していた。本当は今日も、テレビ局のカメラを入れたかったんじゃないですか？でもね、これだけは言っておきます。おじさまがどれだけ頑張ろうとも、結局山野家は、テレビが面白おかしく創り上げた、偽りだらけの張りぼてファミリーなんですよ！」

「なっ……」

　泰平が絶句した。

「妙子さん、いくらあなたでも、言っていいことと悪いことがあるわ！　私だって、これ以上侮辱されたら怒るわよっ」

　血相を変えた早苗が、妙子に詰め寄った。

　弔問客が一人、また一人、席を立ち部屋を出る。その様子を、若菜が視線で追っている。

「はぁ!?　二十五年間ずっと好き勝手に振る舞ってきた早苗さんが怒るですって!?　これまで、

山野家の陰で私や主人がどれだけ我慢してきたと思ってるんですか！　我慢してきたのは、寛容な主人に山野家を立ててうまくやってほしいと頼まれていたからです！　そんな主人の通夜の席で、デリカシーの欠《か》けらもない会話を大声で交わすなんて、怒るのは私のほうです！」

　喪主であるにもかかわらず妙子の視界には、逃げるように部屋を出る弔問客の姿は入っていないようだ。

「どうやら、あなたという人の本性を見抜けていなかったみたいね。妙子さんが、こんなに性悪女だと思っていなかったわ」

　早苗が吐き捨てた。

「君ぃ、それはちょっと言い過ぎだよ」

　正夫が、早苗を窘めた。

「あなた、どうして妙子さんを庇《かば》うのよ！」

　早苗が、眼尻を吊り上げ金切り声で正夫に詰め寄った。

「か、庇っているわけじゃないよ。僕はただ、性悪女っていうのは言い過ぎだと……」

「この女が、山野家のことをどれだけ侮辱したと思ってるのよ！　私が自己中心的で無神経な女、あなたが八方美人で無責任な男だと馬鹿にされたんだから、性悪女くらい言い返しても当然でしょう⁉」

「いや、それはほら、売り言葉に買い言葉ってやつだからさ……」

　正夫は引き攣り笑いを浮かべながらも、妙子の擁護を続けている。

「あなた……どうしたの？　なにか、おかしくない？　どうして、そんなに妙子さんの肩を持つわけ⁉　まさか、妙子さんとなにかあるんじゃないでしょうね⁉」

早苗が、訝《いぶか》しげに正夫を問い詰めた。

「ば、ば、馬鹿なことを言わないでくれよ！　そ、そ、そんなこと、あるわけないじゃないか！」

正夫が、裏返った声でしどろもどろに否定した。

「そんなふうにキャンキャンキャンキャンキャン、ヒステリックに詰め寄られたら、誰だって嫌になりますよ。ねえ？　正夫さん？」

早苗にたいして小馬鹿にしたように言うと、妙子が正夫に同意を求めた。

「なんですって！　それ、どういうことよ！　それになんで妙子さんが正夫さんにそんな言葉遣いをするの⁉」

「あの……失礼ですが、そろそろ周りの目を気にされた方がよろしいのでは……」

激昂する二人の後ろから、女性が声をかけた。

妙子が弾かれたように振り返る。声の主——正夫と泰平が鼻の下を伸ばしていた巨乳の女性が笑みを浮かべつつ歩み寄ってきた。

「あなた、主人の会社関係の人？」

妙子が、不快感を隠そうともせずに女性を睨みつけた。

「申し遅れました。私、『どんぐり出版』で啓介さんの編集アシスタントをしていました島崎梨乃《しまざきりの》と申します」

「啓介さん？　部下なら、上司のことを苗字で呼ぶべきでしょう？」

妙子が、剣呑《けんのん》な声音で返す。

「私も最初は森野さんと呼んでいたんですけど、啓介さんが下の名前で呼んでほしいって……」

「なっ……！」

「おい、島崎くん、なにもこんな席で……森野さん、申し訳ございません。あの……私どももそろそろ失礼します。この度は、本当にご愁傷さまでした」

上司の中富が慌てて島崎梨乃を窘めるとその腕を摑み、妙子に頭を下げながら逃げるように出口へ向かった。その後ろ姿を妙子が睨みつけている。

「君ぃ、啓介君とどういう関係だったの⁉」

唐突に、正夫が口を挟んできた。

「ちょっと、なんで正夫さんが気にするの⁉」

早苗が充血した眼を見開きながら正夫に詰め寄った。

通夜振る舞いの室内には親族を除くと、数人の「どんぐり出版」の同僚、作家の脇坂宗五郎と橋爪健太郎以外はほとんど残っていなかった。

「あ、いや、なんだろう……え？　僕は、その、あの……」

正夫の蒼白な顔は、脂汗でびしょ濡れになっていた。

「……あなた、なにしどろもどろになっているのよ！　家に帰ったら、はっきりとさせてもらいますからね……」

早苗の怒りの籠った低い声が室内に響く中、妙子はこの場に相応《ふさわ》しくない笑みを口元に浮かべながら無言で早苗を見ている。

うろたえる正夫、なんとか威厳を保とうとしているかに見える泰平、呆れ果てて帰る弔問客に頭を下げて見送る稲、ここぞとばかりに寿司や饅頭《まんじゆう》を食べまくる一夫、泣き出しそうな達夫――そんな中、若菜だけは冷めた眼で山野家の面々と妙子を眺めていた。

「おい……早苗……あっ！」

早苗に詰め寄られおろおろし、足を縺《もつ》れさせた正夫がバランスを崩し尻餅をついた。早苗は正夫を見下しながら「ふんっ！」と鼻を鳴らすと、妙子の方に向き直る。

妙子は一瞬、心配そうなそぶりで正夫の方を見たが、すぐに早苗へ視線を戻す。その様子に気付いていないのか、稲は僅かに残った数少ない弔問客に頭を下げて回りビールや日本酒のお酌をしていた。一夫も我関せずの様子で、ほかのテーブルの寿司まで口に詰め込んでいる。泰平といえば、早苗と妙子の凄まじい睨み合いに気圧《けお》され、仲裁に入るタイミングを摑めないでいるようだ。

「お父さん、止めて」

若菜は、泰平に言った。

「大丈夫か？　正夫君」

泰平は若菜の言葉には答えず、尻餅をつき呆然とする正夫に気遣いの言葉をかけた。

「すみません……腰を痛めたみたいで……ああ、痛たたた……」

「いかんな……病院に行こう。腰は怖いからのう。さあ、わしに摑まって！」

泰平は正夫に肩を貸して立ち上がらせると、出口に向かった。

「お父さん、どちらへ行くんですか？」

背中を向けていた稲が、急に振り返り泰平に訊ねた。

「み、見ての通りだ。正夫君を……病院に連れて行かないと。かなり痛がっているからな」

疾《やま》しそうに……言い訳がましく、泰平が言った。

「それは、賢明な判断ですね。どうぞ、お気をつけて」

稲が睨み合う早苗と妙子に呆れたような視線を向けながら、穏やかな口調で言う。

「あ……ああ、わ、わかった。あとは、よろしく頼んだぞ」

拍子抜けしたような返事を残し、泰平は正夫とともに逃げるように部屋を出た。

「はいはい」

柔和な笑みを浮かべつつ、稲が頷いた。しかし、稲が早苗と妙子の喧嘩を止める気配はなかった。

「みんなキライ……みんなキライ……みんな……」

達夫が、激しく泣きじゃくりながら呟いている。

若菜は栓の開いたビール瓶を手に取ると空のコップになみなみと注ぎ、早苗と妙子目がけて浴びせかけた。顔中にビールを浴びた二人が、睨み合うのをやめて弾かれたように若菜を見る。

「二人とも、大人らしくして」

若菜のその声からは一切の感情は窺えず、その目はどこまでも無だった。

2

『Mさんが三ヵ月前まで交際していた元の彼氏をB氏とします。B氏はMさんと別れたあとも「紫苑」に客として通っていたそうです。同じ店のホステスの話では、B氏はMさんに執拗に復縁を迫っていたそうです。困り果てたMさんは、森野さんに彼氏役をお願いしたと言います』

『B氏を諦めさせるために、森野さんとつき合っているふりをしたというわけですね？』

『ええ。店のママの話では、この芝居をやったことで激昂したB氏が森野さんに殴りかかったと言います。森野さんはすぐに避難して怪我はなかったようですが、その後も、店で顔を合わせるたびにB氏が突っかかってきたという話です』

『森野さんは、どうしたんですか？』

『森野さんは店にきてもB氏がくるとすぐに帰っていたみたいですね』

『逆を言えば、そこまでしてMさんに会いたかったということですか？』

『そういうふうにも受け取れますね。多いときで、森野さんは週に四回も顔を出していたようです』
『森野さんとMさんは、交際していたわけではないんですよね？』
『はい。あくまでも客とホステスの関係だったようです』

＊

「上用賀バラバラ殺人事件」新展開！
ワイドショーなどで話題になっているクラブ「紫苑」のホステスMさんの元彼B氏、
衝撃の告白！『週刊秋冬』独占インタビュー!!!

記者　ワイドショーなどでは、あたかもあなたが森野氏殺しの犯人みたいに報道されていますが？
B氏　冗談じゃないですよ！　被害者は私のほうです！
記者　被害者というのは、彼女を奪われたという意味ですか？
B氏　違います。俺はそこまで女々《めめ》しくありませんよ。テレビでは、私が一方的に森野さんを脅して喧嘩を吹っかけているように報じてますが、じっさいは逆です。
記者　逆と言いますと？
B氏　私は西麻布でバーを経営しているんですが、森野さんは毎日のように店に現れてはビール一杯で三時間も四時間も居座るんです。無言でちびちびとグラスを傾けて……常連客も気味悪がって寄りつかなくなりました。営業妨害もいいところですよ！　しかも、バーの周辺の電柱や建物に、「B氏に告ぐ！　18歳の少女をストーカーするのはやめろ！」という中傷ビラを貼るんです。剝がしても剝がしても、二、三日すればふたたび貼られることの繰り返しでした。ほかにも、毎日、私の携帯に非通知で百本以上の無言電話がかかってきました。これも証拠はありませんが、Mの件で森野さんと「紫苑」で口論になってからなので、恐らく彼の仕業だったと思います。その証拠に、森野さんが亡くなってから、無言電話がピタリと止みましたから。

記者　クレームはつけなかったんですか？

B氏　もちろん、文句を言いましたよ。でも、ビラを貼っているところを押さえたわけではないし、無言電話も証拠がないので、シラを切られるわけです。カウンターでビール一杯を何時間もかけてちびちび飲むのも犯罪ではありませんし。そうこうしているうちにおかしな噂が広まって、店は閑古鳥《かんこどり》が鳴くようになりました。

記者　Bさんの話が本当なら、ワイドショーや情報番組で報道されている森野さんのイメージとはずいぶん懸け離れていますね？

B氏　亡くなった方のことをこんなふうに言うのは不謹慎かもしれませんが、あんなにねちっこく根に持つ性格の人を見たことがありませんよ。

記者　さっきBさんは、「紫苑」で森野さんと口論になったと言いました。ですがテレビの報道では、店のママやホステスの証言として、Bさんが一方的に脅し、森野さんはあなたを避けていたとなっています。

B氏　事実はまったく違います！　俺は出版社の人間だぞ、刃物を使わなくても活字の力でお前を葬り去るくらいは朝飯前だ、嫌がる未成年の少女をストーカーするロリコン飲食店経営者の記事を週刊誌やネットニュースで拡散してやるぞ、って、脅してきたのは森野さんのほうですから。

記者　それを聞いていた人はいないんですか？

B氏　ママもホステスも聞いてますよ。もちろん、Mもね。

記者　じゃあ、なぜ、「紫苑」のママやホステスはテレビの取材にあんなふうに答えたんだと思いますか？

B氏　私のほうが知りたいですよ。

記者　どちらにしても、このままだとBさんに疑いの眼が向くことは避けられないでしょうね。嫌がらせを受けていたのが事実ならば、それはそれで動機にもなりますし。駆け引き抜きにお訊ねします。Bさんは森野啓介さんを殺害した犯人ではないんですか？

B氏　もちろんです！　神に誓って、私が犯人ではないと言い切れます！　実は、私、森野さんを恨んでいた人物を知っているんです。その人なら、森野さんを殺害しても不思議ではないですね。

（以下、次号に続く）

＊

『森野啓介さんが殺害されて三ヵ月が過ぎたいま、依然として犯人の手がかりさえ摑めていない現状を、山野さんはどうお考えですか？』

看板アナウンサーの高住慎吾が、スタジオセットのスツールに座る泰平に悲痛な表情で訊ねた。その様子を山野稲は、和室の楽屋で早苗、正夫とともにモニター越しに観ていた。

「テレビ桜」の特番……「迷宮入り阻止ＳＰ」に、泰平は「上用賀バラバラ殺人事件」のスペシャルコメンテーターとして呼ばれていた。

三ヵ月前に世田谷区上用賀の絹田公園で、「どんぐり出版」の文芸編集部編集者がバラバラの遺体となって発見された事件は世間を震撼《しんかん》させた。

散歩中の犬がレジ袋に入った右手首を発見したという推理ドラマさながらの展開以外にも、「上用賀バラバラ殺人事件」は注目される要素があった。それは、殺害された森野啓介が入社三年目という浅いキャリアでベストセラー作品を五冊以上担当していたことや、担当の大御所作家の脇坂宗五郎が悲願の「春木賞」をデビュー三十五年目にして受賞したことで、業界注目の敏腕編集者としてたびたびマスコミで紹介されていたという理由からだった。

犯人は依然として捕まっておらず、啓介と親戚関係にある山野家の人間が番組に呼ばれていた。「テレビ桜」では二年ほど前から国民的アニメの世界観を地で行く「リアル磯野家」として、山野家に密着したドキュメント仕立ての番組を三ヵ月に一度の間隔で放映していた。

家族構成は、山野泰平、稲夫婦、泰平夫婦の長女早苗と娘婿の正夫、長男の一夫、次女の若菜、正夫夫婦の長男の達夫……猫がいないことを除けば気味が悪いくらいに「磯野家」に酷似していた。

これだけキャラクターの立った家族をテレビ局が放っておくわけがない。ギャラの高い売れっ子タレントをキャスティングし豪華なスタジオセットを組むバラエティ番組よりも遥かに低予算で視聴率が見込めるとなれば、なおさらだ。

特番を含めると過去に七回の放映を数える密着ドキュメント番組は平均視聴率十五パーセントを超え、山野家の面々はちょっとした有名人になっていた。

中でも番組の中心人物である泰平は知名度が上がり、ほかのバラエティ番組からもたびたびオファーがかかった。

「迷宮入り阻止SP」で「テレビ桜」の功労者である泰平がスペシャルコメンテーターにキャスティングされたのは、被害者の親戚ということもあり当然の流れだった。

『腹立たしくてならない……の一言です』

泰平がカメラ目線で、絞り出すような声で言った。

『犯人にたいしての憤りをお察しします』

『犯人はもちろんのこと、それと同じくらいに自らにたいして腹立たしいのです！』

カメラ目線のまま、泰平が吐き捨てた。

『ご自身にたいしての腹立ち……それは、どういう意味ですか？』

『啓介は、私にとって息子同然でした。親が息子を守れない……これ以上に、腹立たしいことはありません……』

膝の上に置いた拳を握り締めた泰平が、丸フレイムの眼鏡の奥で涙を浮かべ瞳を充血させ、無念の表情で言った。

「ねえ、父さん、ちょっと芝居がかり過ぎてない？」

早苗が、隣であぐらを組む正夫に訊ねる口調は皮肉めいていた。

「ん？　いや、僕は気にならないけどなぁ。啓介君があんなことになって罪の意識に苛《さいな》まれているお義父さんの責任感の強さが、ひしひしと伝わってくるよ」

正夫の返答に、早苗の顔が瞬時に険しくなった。

「あなた、それ、本気で言ってるの？」

「ああ、もちろんだよ。君は違うのかい？」

「父さんが、啓介さんを息子同然に思っていたなんて初めて聞いたわよ。たとえそう思っていたとしても、啓介さんが死んだことで責任を感じて犯人より自分にたいして腹立たしいなんて、ドラマの主人公じゃないんだから。だいたい父さんは、テレビに出るようになってから勘違いしてるのよっ！　芸能人じゃなくて、単なるサラリーマンだってことを弁《わきま》えなきゃ」

口元を歪めながら早苗が言う。

「それは言い過ぎだよぉ、早苗。お義父さんは、そんな勘違いを……」

「あれが、勘違いじゃなくてなんなのよ！」

早苗が正夫の言葉を遮り、カメラ目線で啓介への想いを語る泰平が映し出されたモニターを指差した。

『同じような質問になってしまいますが、いまだ手がかりさえ摑めない犯人にたいして、山野さんはどういったお気持ちでしょうか？』

MCの看板アナが訊ねると、泰平は天を仰ぎ悲痛な表情で唇を嚙んだ。

『わしは……誓う』

天を仰いだままの泰平の震える声が、スタジオに響く。

『なにを、お誓いになるんですか？』

『わしは、必ず犯人を見つけ出し、息子を殺した罪を贖《あがな》わせてみせる！』

ＭＣの問いかけに、泰平がカメラを指差しきっぱりと宣言した。

「あ〜もう、見てられない！　自分が映画スターにでもなったつもりかしら」

早苗が、首を横に振った。

「これこれ、なんですか。お父さんにたいして、そんな言い草はないでしょう」

それまで黙っていた稲が、早苗を諭した。

『大変、心苦しい質問になるのですが……。一部のＳＮＳ上の心ないコメントの中には、山野家の人々を疑うような書き込みがありますが、それについてはどのように感じておられますか？』

ＭＣが、遠慮がちに訊ねた。

『……サバンナでシマウマが死んでいたら、ある人はライオンに襲われたと思うだろうし、ある人はチーターに襲われたと思うだろうし、ある人はハンターに撃たれたと思うかもしれません』

しばらくの沈黙の後、泰平が遠い眼差しになり唐突に言った。

『と、いいますと？』

ＭＣが、怪訝な顔で泰平を促した。

『司会者さんは、シマウマを殺したのはなんだと思うかね？』

泰平が、質問に質問で返した。

『えっと……私は、ライオンだと思います』

『じゃあ、わしはなにがシマウマを殺したと考えていると思う?』

泰平が、質問を重ねた。

『チーターですか?』

『いいや』

『では、ハンターの仕業だとお考えなんですね?』

『いいや』

『え、でも……』

『わしは、毒蛇の仕業だと思っておる』

『毒蛇……ですか?』

MCが、訝しげに言った。

『そうじゃ。だが、別の者に訊いたらシマウマは病気で死んだと答えるかもしれん。つまり、わしが言いたいのは、答えなんて幾通りもあるということじゃよ。百通りの答えの中に真実があったとすれば、ほかの九十九は真実ではないということになる。その九十九の中に山野家の名前が挙がったとしても、なにも思わんよ。山野家の人間の実直さと誠実さを、誰よりも知っておるのはわしじゃからな』

泰平が、カメラに向かって眼を細めた。

「ほらほらほら、これよっ、これ! こういうところが、スター気取りだと言ってるのよ! 母さんも母さんだわ! 父さんの好き勝手にさせるから、図に乗ってこんな勘違いをするようになったんじゃない！」

　早苗はおとなしくなるどころか、稲に食ってかかった。

「早苗ぇ〜、お義母《かあ》さんにそんなふうに言ったら……」

「あなたは黙ってて！」

　口を挟もうとする正夫を、早苗が一喝した。

「母さん、この際だからはっきり言わせてもらうけど、最近の父さんは横暴すぎるわ」

「まあ、どうして？」

「だって、そうじゃないっ。今日の収録だって、啓介さんについて語るために私と正夫さんも呼ばれたのよ⁉　台本では、父さんが十五分で私と正夫さんが二人で十五分の持ち時間になっているのに、いつの間にか私たちの収録がなくなったのはどういうこと⁉」

　早苗が台本を稲の顔前に突きつけた。

「それは、山野家の大黒柱であるお父さんが語ったほうが、番組的にも視聴率が見込めるからじゃないの？」

　稲は早苗に言いながら、テーブルに二本ずつ並べてあるペットボトルのミネラルウォーター、緑茶、ウーロン茶を用意してきたエコバッグに一本ずつ入れた。

「お義母さん、手伝いましょうか？」

「いいんですよ」

　気遣ってくる正夫に、稲は穏やかな声で返す。

「どうして、父さんが語ると視聴率が見込めるのよ⁉　『リアル磯野家』だって大黒柱だから父さんの出番が多いだけで、視聴者アンケートだと我の強い家族のクッション役に徹する正夫さんが健気《けなげ》で応援したいって声が一番多いのを知ってた⁉」

「早苗……それはたまたま君が読んだアンケートに僕のことが書いてあっただけだよ」

「あなたは黙ってて！」

ふたたび早苗に叱責された正夫が、肩をビクつかせ眼を閉じた。

「あら、正夫さんは人気なのね。でも、私が読んだアンケートには、家族に嫌われることを恐れずにあなたや一夫に雷を落とすお父さんに、昭和世代最後の頑固おやじとして、いつまでも媚《こ》びない泰平スタイルを貫いてほしいという声も多いのよ」

稲は言いながら、ヒレかつサンド弁当、焼肉弁当、幕の内弁当を一個ずつエコバッグに入れた。

「お義母さん、手伝いましょうか？」

「本当に、大丈夫ですよ」

ふたたび気遣ってくる正夫に、稲は穏やかな声で言った。

「そんなの一部の声に決まってるでしょ⁉　父さんは自分が勘違いして私や一夫を怒鳴りつけておいて、間違いに気づいても謝らないような人よ⁉　磯野波平はアニメだから〝子供みたいなかわいいおじさん〟で済まされるけど、現実にそんな人がいたら周囲の人間が大変なんだから！」

「あなたの言うとおり、お父さんのお守《も》りは大変ね。でも、そんな世話の焼ける頑固なお父さんがいるから、正夫さんの好感度が上がっているのも事実なのよ」

稲は言いながら、ティッシュペーパーのボックスとボールペンをエコバッグに入れた。

「お義母さん……」

「大丈夫ですよ」

稲は正夫を穏やかに、しかし素早く遮った。

「まあ、呆れた！　母さんは正夫さんの好感度が高いのは、家では癇癪《かんしゃく》持ちの子供みたいに振る舞って、外では頼れる大黒柱を気取る父さんのお陰だと言いたいの⁉」

早苗がモニターの中の泰平に人差し指を突きつける。

「早苗ぇ～、もう、そのへんにして放送を観ようじゃ……」

「あなたは黙ってて！　そもそも父さんよりも啓介さんと親しかったのは正夫さんなのよ⁉　今回の特番も、本当は正夫さんにインタビューしたほうが啓介さんとのエピソードもたくさん出てくるし、啓介さんの人となりも正確に伝えられたわ！　父さんは、啓介さんのことなんて興味もないだろうし、なにも知らないはずよっ。だって、父さんは啓介さんの誕生日も覚えてないんだから！　母さんだって、知っているでしょう⁉」

早苗が、稲に詰め寄った。

「ええ、知ってますとも。啓介さんのことは、お父さんよりも正夫さんのほうが詳しいでしょうね。早苗、『弁護士24時』って小説を知ってる？」

唐突に稲が訊ねる。

「『芥山賞』を取った作品でしょ？　それが、どうしたのよ？」

「じゃあ、『大病院』って小説は？」

「四百万部売り上げた大ベストセラーよ。だから、なんで小説のことばかり訊くの⁉」

「両方とも、小説を読まない人でも知っている有名作よ。因《ちな》みに『弁護士24時』を書いた人は普通のサラリーマンで、『大病院』を書いた人はコンビニエンスストアの店長なのは知ってた？」

稲は早苗に質問しながら、楽屋内を物色するように首を巡らせる。

「そこまで知るわけないでしょ？　さっきからいったい……」

「弁護士が書いたからって『芥山賞』は取れなかったでしょうし、医師が書いたからって四百万部のベストセラー作品は生まれなかったでしょう……つまり、母さんが言いたいのは、その世界に詳しい人が、必ずしも面白い作品を書けるわけじゃないということよ。知識があっても、表現力がなければ読者の心を摑むことはできないわ」

稲は立ち上がり、小さな洗面台の傍らに置いてあったハンドソープを手にするとエコバッグに入れた。

「それって……正夫さんより父さんのほうが表現力があって視聴者の心を摑めるってことを言いたいわけ⁉」

早苗が、般若《はんにゃ》の面相で稲に詰め寄った。

「プロデューサーさんが正夫さんじゃなくてお父さんにオファーをかけてくるのがなぜかを考えれば、答えは見えてくるんじゃないかしら？」

稲が言うと、突然、早苗が高笑いした。

「急に、どうしたの？」

稲が訊ねると、高笑いを続ける早苗がスマートフォンを差し出してきた。

「なにかしら？」

「リアルタイムのスレッドよ。見てみれば？」

早苗に促された稲は、スマートフォンのディスプレイに羅列される文字に視線を落とした。

あーたん　テレビ観てる？　泰平、超ウケるんだけど！

しょーすけ　観てる、観てる。「迷宮入り阻止ＳＰ」だろ？　こいつ、カメラ目線ばっかりでヤバいよな？

二刀流　芸能人にでもなったつもりなのかな？　このおっさん、キメ顔が多くて笑えてくる。

ハマちゃん　禿しく同意（藁）泰平がイタ過ぎて事件の話が頭に入ってこないんだけど（藁）

かりんとう　そもそも、このハゲは誰？

ウィキ君　山野泰平　五十四歳　国民的アニメ「サザエさん」の磯野家こそ日本の理想的家族の在り方だと心酔し、容姿や言動を磯野波平に寄せているドキューン男。二年ほど前から放映されている「テレビ桜」のドキュメント番組「リアル磯野家〜山野家の愉快な家族たち〜」が人気シリーズとなり、山野家の面々はクローズアップされた。とくに、昭和最後の雷親父として泰平は他局の情報バラエティ番組からもオファーがかかる有名人となる。番組中にお決まりの、泰平が一夫を叱るときの「バカもーん！」の怒声は着ボイスやＴシャツにまでなった。シリーズ開始当時は高視聴率をマークしていたが、泰平の芝居じみた言動や外出するときにハンチング帽とマスクで顔を隠す自意識過剰ぶりに、視聴者から「不快感」「勘違いし過ぎている」などのクレームが数多く寄せられるようになった。シリーズ三回目までは二桁の視聴率を取っていたが、回を重ねるごとに数字は落ち続けて、去年放映された最新シリーズではついに五パーセントを割った。最後の放映から半年以上経っており、「リアル磯野家」シリーズは打ち切られたと囁かれている。ざっと、こんな感じかな。

通りすがり　ようするに、山野泰平は有名人気取りのイタいハゲ。

パパラッチ　「テレビ桜」で働いている知り合いに聞いたんだけど、番組が打ら切られたのは視聴率が取れなくなったからじゃなくて、泰平の勘違いぶりがエスカレートしたのが原因らしい。ギャラをいまの倍にしなければ他局に乗り換えると脅したり、移動はベンツじゃなければ嫌だと言ったり、ハゲのくせに専用のヘアメイクをつけろと要求したり、ロケ弁は「叙々苑」の焼肉弁当にしろとか、とにかく、泰平の天狗ぶりは度を越していたそうだ。

コマンドサンボ　ほかの番組でも「上用賀バラバラ殺人事件」の被害者の親戚代表みたいな感じで泰平が出演してたの観たけどさ、やっぱ、知名度があって数字が取れるからかな？

パパラッチ　これも「テレビ桜」の知り合いから聞いたことだけど、泰平が必死こいて売り込んでいるらしい。事件直後はあちこちの番組が「上用賀バラバラ殺人事件」を取り上げていたけど、二ヵ月が過ぎたあたりからガクンと減った。いまではたまにしかワイドショーでも扱わなくなって、今夜の特番が約一ヵ月ぶりだとか言ってたよ。

ゲス不倫　「リアル磯野家」も打ち切られて必死のハゲ親父（藁）

キャバジョー　タイへーってさ、リーマンでしょ？　テレビなんか出なくても生活できるっしょ？

事情通　泰平は金より目立ちたがり屋なんだよ。「リアル磯野家」が絶好調だった頃の扱いが忘れられないんじゃないかな。

ゲス不倫　五十過ぎのハゲ親父が売れっ子芸能人気取り（藁）

パパラッチ　「泰平は金より目立ちたがり屋なんだよ」↑わかってないな。「リアル磯野家」のときも、オファーをかけるたびにギャラを吊り上げてきたらしい。ほかの局からはこれだけ提示されているとかなんとか言ってね。その額ってのがまた凄くて、大御所のタレント並みのギャラを請求しているらしい。

あーたん　ほらほら、泰平がまたカメラ目線してる！　キモくてマジウケるんだけど！

「どう？　これでも父さんの表現力で視聴者の心を摑んでいるって言える？」

早苗の勝ち誇ったような声に、稲はスマートフォンから顔を上げた。

「母さんは古い人間のせいかしら、こういうのに書かれていることはあまり真に受けないようにしているのよ。誰が書いているかも、わからないわけだしね。もしかしたら、あなたが書いている可能性だってあるわけでしょう？」

稲は、微笑《ほほえ》みを湛えながら早苗にスマートフォンを返した。

「私がそんなことするわけないじゃない！　母さん、それ、本気で言ってるの⁉」

早苗が血相を変えた。

「そういう可能性があると言っただけよ。そんなにむきになったら、却《かえ》って怪しいわよ？」

「なんですって……」

「あの……お義父さんの出番、終わったみたいですよ」

正夫が、早苗を遮り話に割って入ってきた。

「あら、いつの間に」

稲はモニターに視線を向けつつ腰を上げた。

「どこに行くんですか？」

正夫が訊ねてきた。

「お父さんを迎えにね」

「それなら僕が……」

「いいのよ、正夫さんは座ってて」

稲は、立ち上がろうとする正夫を優しく制した。

「いや、でもそういうわけには……」

「いいじゃない、主役夫婦のことは放っておきましょうよ」

「早苗、お義母さんにそんな言いかたは……」

「正夫さん、本当に大丈夫ですよ。ついでに、トイレにも行ってきますから」

妻と姑の間で板挟みになる正夫に言い残し、稲は楽屋を出た。

通路を挟んだトイレの個室に入った稲は、便座に座りスマートフォンを開くとお気に入りに保存されている「スイーツウルフ」の公式ホームページを呼び出した。「スイーツウルフ」は、韓国で人気の男性四人のダンスヴォーカルユニットだ。ユニット名の由来は、メンバー全員が甘いルックスからは想像のつかない彫刻のような筋肉質ボディの持ち主で、そのギャップからきている。稲は、メンバー最年少のリーダーで十八歳のソンジュのアルバムをタップした。ミルクティーカラーのマッシュヘア、垂れ気味の二重瞼、抜けるような白い肌にイチゴシロップを舐めたような濡れた唇から覗く八重歯……稲は、視線を下にやった。シックスパックを超えた八つに割れた通称「板チョコ」の腹筋と血管の浮いた前腕筋を、稲は交互に見た。

　五分ほど写真をみつめていた稲は、次にソンジュのインスタグラムに飛んだ——動画を呼び出し再生ボタンをタップした。

『コンニチハ！　ソンジュです。ニホンの女性は、おしとやかでダイスキです！　理想のタイプは、「サザエさん」のフネさん！　フネさんはヤマトナデスコ？　ああ、ヤマトナデシコ！　イイですね！　フネさん、イチバンスキです』

　稲は、口元を綻ばせ再生ボタンをタップした。

『コンニチハ！　ソンジュです。ニホンの女性は、おしとやかでダイスキです！　理想のタイプは、「サザエさん」のフネさん！　フネさんはヤマトナデスコ？　ああ、ヤマトナデシコ！　イイですね！　フネさん、イチバンスキです』

　稲は、目尻を下げて再生ボタンをタップした。

『コンニチハ！　ソンジュです。ニホンの女性は、おしとやかでダイスキです！　理想のタイプは、「サザエさん」のフネさん！　フネさんはヤマトナデスコ？　ああ、ヤマトナデシコ！　イイですね！　フネさん、イチバンスキです』

「こんなことしている場合じゃないわね」

　稲は真顔に戻り独り言《ご》つと、検索エンジンに山野泰平の名前を打ち込んだ。

　検索結果ページの最上段にヒットした、「上用賀バラバラ殺人事件・山野家生出演」のリアルタイムスレッドをクリックした。

山野家マニア　結局、泰平の独り舞台だったな？　正夫や早苗じゃ視聴率が取れないとテレビ局に判断されたのかもしれないな。

CIA　タイトルは、山野家生出演じゃなくて山野泰平生出演にしたほうがよくないか？

通りすがり　どっちでもいい。興味なし。

アムラー　禿しく同意（藁）

不倫は文化　だいたい、「上用賀バラバラ殺人事件」ってさ、まだ犯人捕まってなかったの？

チワワ　一年くらい前の事件だよね？

山野家マニア　バーカ！　まだ三ヵ月前の話だ。

通りすがり　馬鹿はお前だ。時代遅れのスレッドなんか立ててさ。こんな事件、みんなもう、とっくに忘れてるんだよ。

CIA　そんなことはない。この事件は世間を震撼させたから、みんなの記憶にも新しいはずだ。いや、日本史上稀に見る凶悪事件を古いとか新しいとかで片づけちゃいけない。

名無し　CIA↑こいつなにマジに語ってんの？　いまテレビを観てみろよ。「テレビ桜」以外は、どの局も一昨日起こった「新宿第二中学校無差別殺傷事件」のニュースばかりだから。

広辞苑君　「新宿第二中学校無差別殺傷事件」とは、授業中に乱入した覚醒剤中毒の元中学校教諭が、十二人の生徒をサバイバルナイフで刺殺し、五人の生徒に重傷を負わせた殺傷事件である。

ミー＆ハー　観てる観てる！　「上用賀バラバラ殺人事件」なんかより、こっちの事件のほうが衝撃的だよね？　この犯人、一年前まで事件のあった中学の先生だったんでしょ⁉

ゲス忖度　そうそう！　いま6チャンネルのニュースでやってるけど、教師時代に生徒に馬鹿にされて鬱になったらしい。

モモンガ　8チャンネルのニュースで犯人の同僚だった教師がインタビューを受けてるけどさ、真面目で親からも評判のいい先生だったらしいぞ。

フリーザー　5チャンネルつけてみろよ！　教え子だった生徒が顔モザイクで出演してるから！

山野家マニア　「テレビ桜」では、元警視庁捜査一課の刑事が出演して、森野啓介さんを殺害した犯人像について身近な人物の犯行の可能性が高いと言ってるぞ！

戦国大名　バラバラ殺人の犯人なんて、どーだっていい。それよか、5チャンの元教え子の話がヤバ過ぎ！

イクラトロ　おう、観てる観てる！　授業中に、教え子だった札付きの不良五人に毎日のように虐待されてたんだろ？

山野家マニア　おいおい、びっくりだぞ！　元警視庁捜査一課の刑事の話では、犯人は親族の可能性もあるってよ！　暗に、山野家が怪しいって言ってるようなものだと思わないか⁉︎　山野家が犯人だったら、世の中引っ繰り返るぞ！

海より川　黒板を向いているときにカンチョーされたりケツバットされたり、ひどいときは飛び膝蹴りを食らわされたりしていたらしい。

キーちゃん　ＮＨＫでは別の教え子がインタビューを受けてるけどさ、パンツ脱がされてスマホで写真や動画を撮られたこともあるってよ！

山野家マニア　おい！　コメンテーターの小説家が、山野家の名前を口にしたぞ！　まずいよ、生放送でなんの証拠もなしに憶測で国民的人気の家族を犯人呼ばわりするなんて、絶対にこの小説家のSNS炎上するから！

無人島　授業中にパンツ脱がされて動画撮られたんじゃ、殺したくもなるだろ？

事情通　殺された十二人の生徒は無関係なんだよ！　犯人の元教師をイジメていた不良グループは、いま、進学していたら高校生だからさ。

少年B　ひどい犯人だな。復讐するなら、その不良たちを殺せばいいじゃん！

ルシファー　犯人はジャンキーになってたらしいから、まともな判断力はなかったんだろう。

太陽　それにしても、ひどい事件だな。てめえが情けなくてイジメられていた恨みを、まったく無関係の生徒たち相手に晴らすんだからよ。

ハローワーク　まったくだ。授業中に乱入してサバイバルナイフで十二人も刺し殺すなんてヤバすぎるだろう。

CIA　ずいぶん盛り上がっているみたいだけど、死んだ数が多いから重大な殺人事件とかではないと思う。「上用賀バラバラ殺人事件」の異常性とミステリアスな奥深さは、単なる大量殺人事件とはわけが違うよ。

山野家マニア　僕も同感！　禿しく同感！　通り魔無差別殺人事件と、「アガサ・クリスティ」並みの難解な事件を一緒にはしないでほしいな。

地獄耳　その元教師は、史上最大の鬼畜だな。仮にも聖職者だった人間が、そんなことできるか⁉

ダイオウサソリ　史上最大かどうかはわからねえが、少なくとも今年一番の凶悪事件には違いねえな。
女子アナ　私もそう思う。犯人を死刑にしてほしい。
戦国大名　昔みたいに、打ち首にしてほしいよな！
Ｗｉ－Ｆｉ　これからしばらく、ワイドショーは「新宿第二中学校無差別殺傷事件」一色になるだろうな。

☆

「今日は、本当にありがとうございました」

男性スタッフに先導され、泰平が戻ってきた。

「お疲れさまでした」

トイレの個室から出て通路で待っていた稲は、泰平を笑顔で出迎えた。

「なんじゃ？　わしを待っておったのか？」

泰平はスタッフを気にしながら、まんざらでもなさそうな顔で言った。

「『リアル磯野家』のドキュメント番組で密着していたときも思っていましたが、山野家は本当に大黒柱の泰平さんを中心に回っている、古き良き昭和の伝統を現代に継承してるご家族ですよね」

男性スタッフが、泰平を持ち上げるように言った。

「お、そうだ！　その『リアル磯野家』だが、次のロケの予定はまだ決まらないのかな？」

泰平が男性スタッフに訊ねた。

「え……っと、僕は担当番組が違うので、詳しいことはわからないんです」

「前回からもう、半年くらい経っておるだろう？　そろそろ、やったほうがいいんじゃないかと思ってな。いや、わしはどっちでもいいんだが、ほれ、ファンの多い番組だったからのう。局のほうにクレームが行ったらプロデューサーの牧君がかわいそうだろう？　担当が違っても、君は情報バラエティ班だから牧君は知ってるよな？」

「え、ええ……上司ですから」

「そう言えば、今日は牧君の顔を見てないな。牧君は、どこにおるんだ？　わしが直接、番組のことを話してみよう」

「ああ……今日は、別のロケに行ってまして……」

「別のロケ？　なんのロケだ？」

泰平が、怪訝な表情で訊ねた。

「……『弁護士パパ・シングルファザー奮戦記』です」

「なに⁉　弁護士パパだと⁉　あの、わざとらしく赤子を背負いながら弁護士事務所で依頼人の相談を受けるいけ好かない若造か⁉」

泰平が、嫌悪感たっぷりの声で言い捨てた。

「いえ……あの、ヤラセではなく、弁パパは本当にお子さんを事務所に連れて……」

「馬鹿もん！　なにが弁パパじゃ！　インチキ弁護士を庇うとはけしからん！」

泰平の怒声が、通路に響き渡った。

「なになに？　なんの騒ぎよ？」

楽屋から、早苗と正夫が顔を出した。

「べ、別に、ぼ、僕は……弁パパを庇っているわけではありません……」

男性スタッフが、しどろもどろに弁明した。

「だいたいじゃな、わしが『テレビ桜』の生放送に出演すると知っておって、よりにもよってインチキ弁護士のロケに出向くとは失礼ではないか！」

「まあまあ、お父さん、そんなに大声を出したら周りの方たちがびっくりしますよ。それに、この人がそれを指示したわけではないんですしね」

稲は微笑みを湛え、泰平を諭した。しかし、稲の瞳は笑っていなかった。

「しかしだな、母さん……」

「とにかく、中に入りましょう。山野家の家長がテレビ局で騒いでいるなんてインターネットで悪評を流されてもいいのですか？　さあさあ、中に入ってくださいな」

稲が泰平の背中を押し、楽屋へと促した。

「まぐれで視聴率が取れたからといって、あんな一発屋のインチキ弁護士に媚び諂《へつら》いおって！」

泰平が怒りで全身を戦慄《おののか》せながら、畳に胡坐を搔いた。

「あら父さん、弁パパは大人気よ。視聴率だって二十パーセントを超えたっていうじゃない？　まぐれで取れる数字じゃないと思うけど？」

早苗が、あっけらかんとした口調で言った。

「馬鹿もん！　お前まで弁パパなどと言うんじゃない！　二十パーセントくらい、『リアル磯野家』も取っておる！」

「それは最初の二、三回でしょう？　回を重ねるごとに視聴率は下がり続けて、最後のはうはずっと一桁《ひとけた》続きじゃない」

「なっ……」

泰平が絶句し、茹《ゆ》でダコのように顔が紅潮した。

「さ、早苗、そんなことはないんじゃないかな……」

「あなたは黙ってて！」

取りなそうとする正夫を、早苗が一喝した。

「お父さん、熱いお茶でも淹《い》れましょうか？」

稲が、急須を手に訊ねた。

「怒りで喉がからからになっておるのに、熱い茶なんぞ飲んでいられるか！　早苗っ。お、お前は、『リアル磯野家』が飽きられたと言いたいのか!?」

稲から早苗に顔を向けた泰平が、目尻を吊り上げた。

「いいえ、『リアル磯野家』は飽きられてないわ」

「だったら、なぜそんなことを……」

「飽きられたのは、父さんよ！」

早苗の一言に、室内の空気が凍《い》てついた。

「な、な、なんだと……」

泰平は血の気が失せて白くなった唇をわなわなと震わせた。

「早苗っ、それは、いくらなんでも言い過ぎじゃないかな……」

「あなたは黙ってて！」

ふたたび、早苗は正夫を一喝した。

「この際だからはっきり言わせてもらうけど、毎回毎回目立つのは父さんばかりで、一、二回ならまだしも、いい加減、うんざりするわよ。食事だって、三食一週間中華ばかりだと、たまには和食も食べたくなるでしょう？」

「わしが飽きられた中華なら、新鮮な和食は誰だと言うのだ⁉」

「正夫さんに決まっているじゃない」

当然、といったふうに早苗は言った。

「ま、正夫君だと⁉」

泰平が、裏返った声で叫んだ。

「ちょ、ちょ、君、なにを言い出すんだい……お義父さんに、失礼じゃないか……」

正夫が、慌てふためいた顔で言った。

「なにが失礼なもんですか！　あなたがそんな弱腰だから、『リアル磯野家』が打ち切られたんじゃない！」

「馬鹿を言うんじゃないっ。『リアル磯野家』は打ち切られてなどおらん！」

泰平が、血相を変えた。

「もう半年以上も企画のオファーがないんだから、打ち切られたも同然でしょう」

「打ち切られてはおらん！　勝手なことを言うんじゃない！」

「さっきから自分一人の番組みたいに言ってるけど、『リアル磯野家』は山野家が主役であって父さんが主役じゃないのよ⁉」

「な、なんじゃと⁉」

早苗の言葉に、泰平が顔を強張らせた。

「母さんも正夫さんも一夫も若菜もタッちゃんも、そして私だって、みんなが主役なんだからね！」

「なんだとっ、誰のおかげで山野家が注目を浴びるようになったと……」

「まあまあ、二人とも、そのへんにしてくださいな」

稲が、穏やかな口調で泰平と早苗の間に割って入った。

「母さんは引っ込んで……」

「いいえ、引っ込みませんよ。早苗の言うことにも一理あります。テレビや取材でお父さんばかりが取り上げられているときの正夫さんの気持ちを考えたことはありますか？」

「え……？　お義母さん、僕はなんにも……」

「いいのよ、正夫さん。ここは私に任せて。山野家のおまけ、泰平のコバンザメ、永遠の脇役……正夫さんが、世間でどんなふうに言われているかをご存じですか？」

「おまけ……」

稲の言葉に、正夫が絶句した。

「ひどいじゃない、母さんっ。そんなこと、誰が言ってるのよ！」

早苗が稲に詰め寄った。

「さっき、なんとはなしにインターネットを見ていたら、偶然に記事が目に入ったのよ。山野家を検索したわけでもないのに、たまたまそんな記事が出てくるということは、正夫さんにたいして何倍……いいえ、何十倍の中傷記事が書かれていると思うのよ」

「どこのスレッドよ⁉」

「静かになさい。いまはお父さんとの話が先よ。そういうわけでお父さん、少しは正夫さんの立場も考えてあげてくださいな」

「わしはなにも……」

「ええ、そうです。お父さんに悪気はなくても、正夫さんに皺寄せがいくんです。早苗だって、かわいそうじゃないですか？　山野家のおまけの妻、泰平のコバンザメの妻、永遠の脇役の妻……インターネットで、そんなふうに呼ばれているんですよ？」

「はぁ⁉　そんな記事見たことない……」

「とにかく、お父さんの言動が知らず知らずのうちに、正夫さんを刺身の褄《つま》やステーキのいんげん豆みたいな立場にしているということを頭に入れてくださいな」

稲は早苗を遮り泰平に一方的に言うと、呆気に取られ立ち尽くす早苗と正夫の前を横切り楽屋をあとにした。

3

「珍しいね、君が日曜の昼に外食したいだなんて」

メニューを開きつつ、正夫が言った。

「私だって、たまには息抜きしたいわよ」

早苗が、大袈裟なため息を吐《つ》きながらチーズインデミグラスハンバーグとアイスティーを指差した。

「あ、注文いいですか？　デミグラスハンバーグと……」

「チーズインデミグラスハンバーグ！」

横から、早苗がいらついた声で訂正した。

「すみません。チーズインハンバーグと……」

「チーズインデミグラスハンバーグ！」

ふたたび、早苗が訂正した。

「すみません。チーズインデミ……」

「チーズインデミグラスハンバーグですね？」

ウエイトレスが、笑顔で正夫を遮り復唱した。

「あ、ああ……それと、僕はチーズドリアをください」

「あなた、チーズドリアなんて食べるの？」

早苗が、怪訝な顔を正夫に向けた。

「おかしいかい？」

「女の子が注文するみたいな食べ物を好きなんだな、と思ってさ」

「チーズドリアでよろしかったでしょうか？」

ウエイトレスが、笑顔で注文を確認してきた。

「はい。それから飲み物は、彼女がアイスティーで僕がタピオカ入りマンゴージュースをお願いします」

「あなた、タピオカジュースなんて飲むの？」

早苗はさらに怪訝な顔を正夫に向けた。

「女の子が注文するみたいな飲み物が好きで、おかしいかい？」

「っていうかさ、そういうの注文する女の子とランチとかに行ってるわけ？」

早苗の懐疑的な眼が正夫を見据える。

「そ、そんなわけ、ないじゃないかぁ〜」

正夫は、引き攣った笑いを浮かべた。

「アイスティーとタピオカジュースでよろしかったでしょうか？」

「はい、そうです。ところで、話は変わるけど……」

早苗が、ウエイトレスが立ち去るのを待ってから切り出した。

「あなた、父さんのことどう思ってるの？」

「どう思ってるって？」

「だから、主役顔でなんでもかんでも仕切る目立ちたがり屋で独善的な父さんの言動よ」

運ばれてきたアイスティーに挿したストローをグルグルと掻き回しながら早苗は吐き捨てた。

「でも、お義父さんは一家の大黒柱なんだから、主役みたいなものだと思わないかい？」

正夫が当たり障《さわ》りのない言葉を返した。

「なにが大黒柱よっ。家長という立場を利用して家族を私物化しているだけじゃない！　父さんの振る舞いは、ヒトラーやフセインやトランプと同じ独裁者そのものよ！」

早苗の声に、店内の客の視線が集まった。

「君ぃ、声が大きいよ。ここは近所の人もよく利用しているんだから。それに、独裁者は言い過ぎだよぉ」

正夫が周囲を気にしつつ、唇に人差し指を立てた。

「ちっとも、言い過ぎなんかじゃないわよ。あなたがそんなにお人好しだから、父さんが図に乗るんじゃないっ。もう、しっかりしてよね」

太いストローで蛙の卵を彷彿《ほうふつ》とさせるタピオカをおちょぼ口で吸い上げる正夫に、早苗が苛立たしげに言った。

「このタピオカ、おいしいよ。君もどうだい？」

　正夫が、グラスを早苗のほうに滑らせた。

「いりません。ねえ、私の話聞いてる⁉　あなたと、タピオカジュースの味の感想を話しにきたんじゃないのよ⁉」

「僕と久しぶりに外食を愉しみにきたんじゃないのかい？」

「そんなわけないでしょ！　出かける予定だった母さんに頼み込んで、わざわざタッちゃんを預かってもらってるのよ。作戦会議よ、作戦会議っ」

「なんだ、そうなのか……で、なにを会議するんだい？」

　正夫は訊ねると、ストローに詰まったタピオカを顔を真っ赤にして吸引した。

「さっきから言ってるでしょう⁉　これ以上、父さんの暴走を見過ごしておけないってことよ」

「僕に……どうしろと……言うんだい？」

　ストローを吸引しながら、正夫が質問を重ねた。

「あなたが大黒柱になってちょうだい」

　早苗の言葉に、正夫が激しく咽《む》せた。

「な、なにを言い出すかと思えば……そんなこと、できるわけないじゃないか～」

「どうして？　もう父さんも年だし、世代交代してもいいんじゃないかしら？」

「年といっても、お義父さんはまだ五十代だよ？　隠居する年じゃないさ。まったく、君もせっかちだな～」

　正夫が、愛想笑いを浮かべた顔を早苗に向けた。

「実年齢の問題を言ってるんじゃないの！　車だってさ、同じ十年落ちでも走行距離が五万キロと十万キロじゃ性能に差が出るでしょう？　査定ポイントも違ってくるし。車はね、走行距離が十万キロを超えたら価値がなくなると言われてるの。たとえるなら父さんは、十五万キロ走った車みたいなものよ。このまま走らせ続ければそのうち大事故を起こすに決まってるんだから！」

「大事故……」

正夫が表情を失った。

「そうよ。あなたが大黒柱になるのは父さんのため……親孝行なのよ」

「親孝行？」

正夫が鸚鵡《おうむ》返しに繰り返すと、早苗が大きく頷いた。

「昔から、なにかあると怒鳴ってばかりでお酒も大好きで、若いうちならいいけど五十も超えたら脳梗塞や脳溢血で倒れる確率だって高くなるんだからさ。もともと、高血圧だし。いいの？　父さんが死んじゃったり寝たきりになっても」

「い、いいわけないじゃないか！」

声を裏返しながら、正夫が否定する。

「でしょう？　だったら、これからは正夫さんが家長になって『山野家』を仕切って行くべきよ」

早苗が、身を乗り出し正夫に顔を近づけ声を潜めた。

「ぼ、僕が家長……」

正夫が呟いた。

「そう、正夫さんが『山野家』を引っ張って行くべきよ！　母さんは私が受け持つから、あなたは父さんに屈しないようにしてちょうだい」

「ちょ、ちょっと待って……お義母さんは私が受け持つって、どういう意味だい？」

「わからないの？　父さんを裏でコントロールしてるのは母さんだってことよ」

「えーっ」

正夫が、眼を見開き驚きの声を上げた。

「なにが、えーっよ。本当に、わからないの？　母さんはね、『リアル磯野家』の企画が始まってからずっと、番組プロデューサーはもちろんのこと、役職の上下は関係なしにスタッフの名前を全部覚えていて、誕生日や結婚記念日には心遣いの品を贈ったりしているの。ロケのときだって、寝不足のＡＤのために栄養ドリンクを用意したり、不規則な食生活だろうからって青汁のパックを渡したり。父さんがあの性格だから、気に入らないことがあったりするとすぐに怒鳴ったりムッツリして現場の空気が悪くなるのよ。そんなときも、スタッフ全員に頭を下げて回って場を取りなしているのは母さんだし。母さんがいなければ、視聴率がよくても『リアル磯野家』はとっくの昔に打ち切られていたでしょうね。まったく、腹立たしいわ」

早苗が眉間に縦皺を刻み、アイスティーのストローを噛んだ。

「へぇ〜、そうなんだ。そんなこと、ちっとも知らなかったよ。でも、お義母さんのやっていることは『山野家』にとっていいことなのに、どうして君は腹を立てているんだい？」

「あのしたたかなところが、気に入らないのよっ。良妻賢母、内助の功、大和撫子、国民の母、日本のマザー・テレサ……テレビのイメージで母さんに向けられるのは好感度の高いものばかり。

私なんて、勝手気まま、自己中心的、自我の塊とか、散々な言われようなんだから！　あの人の欲深さ、腹黒さ、自己顕示欲の強さを、誰も知らないのよっ」

早苗が夜叉《やしゃ》のような形相で吐き捨てた。

「お義母さんを庇うわけじゃないけど、それは言い過ぎなんじゃないかな〜」

正夫が、早苗の顔色を窺うように言った。

「とにかく、あなたは父さんにたいしての態度を改めてちょうだい。赤提灯《あかちょうちん》の誘いも囲碁の誘いも嫌なものは嫌と、はっきりと意思表示できる？　俳句を聞かされてもいいですね〜って言うばかりじゃなくて、心に響かないとかはっきりと意思表示できる？　盆栽を自慢されても興味がないとか、はっきりと意思表示できる？」

「そ、そんなことすると気まずく……」

「離婚よ」

「え？」

「私は、父さんの腰巾着《こしぎんちゃく》と結婚した覚えはありませんから！」

「ちょ、ちょっと、待ってくれないか……」

「真堂《しんどう》先生、お疲れ様です！」

早苗と正夫は、声の主のほうを振り返った。通路を挟んだ斜め後ろの席で濃紺のスーツを着た男性が恭《うやうや》しく出迎えているのは、色黒で金髪のコワモテの男性だった。

「なんの先生かしら？」

早苗は、声を潜めて正夫に訊ねた。

「怖そうな人だから、詮索《せんさく》しないほうが……」

「医者には見えないし弁護士にも見えないし」

正夫の心配をよそに、早苗は推理を続けた。

「お忙しいところ、すみません」

「たまには息抜きしないと。君たち編集者も大変だろう？」

「いえいえ、僕らは好きでやっている仕事ですから。なにをお飲みになりますか？」

男性……編集者が真堂に訊ねた。

「コーヒー」

真堂が言いながら、椅子に腰を下ろした。

「すみません。ホットコーヒーを二つください。先生、新刊拝読しましたよ。『肉弾接待』。あれ、かなりの問題作ですね！　芸能界の大御所からクレームとかこないんですか？」

編集者はウエイトレスに注文すると、声を弾ませて真堂に言った。

「新刊って……ねえもしかして、小説家の先生なのかしら？　怪しい人にしか見えないんだけど？」

「シッ……早苗、聞こえたらまずいよ。因縁つけられたらどうするんだい？」

正夫が、強張った顔で早苗を窘めた。

「プロダクションはなにも言ってこないよ。クレームなんかつけたら、この話は本当ですって認めてるようなものだからさ」

真堂は余裕の表情で言うと、運ばれてきたコーヒーに口をつけた。

「あの……芸能界にはやっぱり、枕営業が本当にあるんですか？」

編集者が、興味津々《きょうみしんしん》の表情で訊ねた。

「あるよ。別に珍しいことじゃないよ。まあ、常識って言ってもいいんじゃないかな」

あっけらかんとした口調で、真堂が言った。

「ねえねえ、枕営業って、タレントがプロデューサーとかと寝て仕事を取る、あの枕営業のことかしら？」

身を乗り出した早苗の瞳は、好奇の色に爛々《らんらん》と輝いていた。

「こ、声が大きいよ」

正夫が真堂のほうを気にしながら言った。

「中山みのりとか、柴木恵とか、菊沢まどかとかも、枕営業してるのかしら？」

「だから、声が大きいって……」

「そういえばさ、森野君を殺した犯人、まだ捕まらないのかな？」

真堂の声に、正夫が言葉を切った。早苗も身体を少し強張らせながら、耳を斜め後ろの方へゆっくりと向ける。

「犯人逮捕の噂は聞かないですね。先生は、森野君と仕事をされたことはあるんですか？」

「いや、そもそも『どんぐり出版』で原稿書いたことないからさ。でも、森野君が優秀だって噂は聞いていたから、一度は一緒にやってみたいと思ってたんだけどな……本当、惜しい人間を亡くしたよ」

「本当です。森野君は後輩ですけど、尊敬できる編集マンでした。森野君とは授賞式や作家の集まりでたまに顔を合わせるぐらいでしたが、若いのにベテラン作家の新作から旧作までよく読んでいて、大御所作家も彼には一目置いていましたよ。先生は、誰が犯人だと思いますか？」

「ちょっと、啓介さんのこと話してるわよ」

早苗が声を潜めて言うと、正夫が無言で頷いた。

「案外、近い人物かもしれないな」

「近い人物って、ネットで書かれているような親戚とか仕事関係の人間ですか？」

「山野家とか森野君の担当作家とか、あっと驚くような人間が犯人だってことも十分に考えられるし、そうであったとしたら最高のストーリー展開だけどね」

真堂が、煙草に火をつけ腕組みをする。

「うちのこと話してるわよ」

「そうみたいだね」

早苗と正夫はひそひそ声でやり取りし、真堂と編集者の会話に耳を傾けた。

「それにしても、いくら小説家だからって啓介さんが殺された事件を推理小説にたとえるなんて、失礼じゃない？」

「まあ、あくまでもたとえ話だからね。視線って感じるものだから、あまり、ちらちら見ないほうがいいよ」

正夫が、早苗をやんわりと窘めた。

「山野家って、あの、『リアル磯野家』の家族ですよね？」

「そうそう。この前さ、泰平とかいう磯野波平を丸パクリした笑えるおっさんが『上用賀バラバラ殺人事件』の生番組に出てたよ。眼鏡まで波平に寄せて丸いフレイムにしててさ」

真堂が、クスクスと笑いながら言った。

「以前、なにかのテレビで観たんですが、泰平さんは森野君を息子同然にかわいがっていたみたいですから、犯人逮捕に人生を賭けてるんでしょうね。最近では、事件もあまり取り上げられなくなりましたからね」

編集者が、神妙な顔つきで言った。

「どうだかな。森野君のことより、自分が目立つことに必死だった気がしたよ。森野君が亡くなった哀しみや犯人への怒りより、自分がスポットライトを浴びていることが嬉しくて嬉しくて仕方がないって感じだったな」

「まあ、たしかに、『リアル磯野家』のときも家族の誰より目立とうとしてましたからね」

編集者が苦笑した。

「あら、父さんのことわかってるじゃない」

早苗が、嬉しそうに笑った。

「僕たちの顔も知られているだろうから、あまり、ちらちら見ないほうがいいよ」

正夫がチーズドリアをフォークで掬い上げつつやんわりと早苗を窘めた。

「もしその泰平さんが犯人だとしたら、動機はなんですか?」

編集者が、真堂の推理小説仕立ての仮説に乗り質問した。

「まあ、妙子との不倫だな」

「妙子って、森野君の奥さんですか?」

「ああ。妙子との浮気を知った森野君に、稲にバラすと言われて……」

「それで、犯行に至ったわけですね？」

編集者が身を乗り出した。

「父さんが妙子さんと不倫ですって……」

早苗が眼に涙を浮かべながら笑いを噛み殺すように言う。

「聞こえるから、笑っちゃだめだよ」

正夫は、やんわりと早苗を窘めた。

「だって……父さんが……妙子さんと不倫してたなんて……」

早苗は自らの掌で口を押さえ、背中を波打たせていた。

「でも、なんか違うな。泰平と妙子じゃリアリティが足りない。アレも勃《た》たないだろうし、若い妙子は欲求不満ってわけだ」

真堂が下卑《げび》た顔で笑った。

「なるほど。たしかに、泰平さんと妙子さんだと不釣り合いですね」

編集者が、追従笑《ついしょう》いした。

「リアリティを求めるなら、同年代の正夫だろ？」

真堂の言葉に、正夫の肩がピクリと動いた。耳朶を赤くし、震える手に持つフォークでチーズドリアを何度も搔き回す。

「まあ……今度は、あなたのことを言い出したわ。私、止めてくる……」

「余計に面倒なことになるから、やめたほうがいい」

立ち上がろうとする早苗の腕を、正夫が押さえた。

「だって……」

「ただの噂話だよ。放っておこう」

正夫は懸命に平常心を装っているように見えたが、耳朶の赤らみが顔全体に広がっていた。

「正夫のイメージは穏やかで気弱で『山野家』のクッション役ってところだろ？」

「そうですね。正夫さんと言えば家族全員に気を遣っているイメージしかありませんね」

真堂の言葉に、編集者が大きく頷きながら言った。

「だから、正夫のストレスの蓄積量は半端ないと思うんだよ。泰平は老いた赤ん坊みたいに傍若《ぼうじゃく》無人《ぶじん》に振る舞うし、稲は穏やかな笑顔の裏で正夫を馬鹿にしているし、一夫はまったく言うことを聞かないし、若菜は稲と同じで無邪気なふりをして心で正夫を小馬鹿にしているし……。でも、正夫にとって一番のストレスといったら、ダントツに早苗だろうな」

早苗が弾かれたように真堂のテーブルを振り返った。

「き、君ぃ……まずいよ」

正夫が慌てたように早苗の頰に手を当て、顔を正面に向かせた。

「人の話は十秒も聞かないくせに自分は一方的に十分以上喋り続けそうな性格だし、思ったことは相手を傷つけてもお構いなしにすぐに口に出しそうだし、女らしさの欠けらもないから抱く気にもなれないだろ？」

「許せない……」

真堂の高笑いに、早苗の顔がみるみる強張っていく。

「我慢して」

ふたたび立ち上がりかけた早苗の手を、正夫が摑んだ。早苗が、渋々と腰を下ろした。

「テレビで一回か二回しか観てないけど、妙子のほうは妙な色気があるだろ？　魔性の女って言うの？　早苗と違って、何度でも抱きたくなるタイプだよな。正夫が妙子の魅力の虜《とりこ》になっても驚かないだろ？　早苗と妙子じゃ、牛丼とシャトーブリアンを比べてるようなものだからさ」

真堂が煙草の煙を勢いよく撒き散らしつつ肩を竦めた。

「わ、私が牛丼で妙子さんがシャトーブリアンですって……」

早苗の目尻が吊り上がり、唇がわなわなと震えた。

「まあまあ、そうカリカリしないで……小説家だから人と違った発想をして、さすが！って言われたいだけだよ」

正夫が早苗を宥《なだ》めた。

「私が牛丼にたとえられて妙子さんがシャトーブリアンにたとえられるっていうのが、さすが！って言われる発想なわけ!?」

眉間に皺を寄せ鬼のような顔をした早苗が、押し殺した声で正夫に詰め寄った。

「いや……そういう意味じゃなくて……目立つことを言いたいだけだってことを……」

「もういいっ。やっぱり私、文句を言ってくるわ！」

「だめだって……早苗、落ち着いて」

正夫は三たび腰を浮かし、立ち上がろうとする早苗の肩を押さえて座らせた。

「あなたは妻が侮辱されて、悔しくないの!?」

「悔しくないよ。君の美しさは僕が一番知ってるんだから。たとえば、白鳥をアヒルと言われても、白鳥の美しさを知っていれば腹は立たないだろう？」

「私は白鳥？」

「もちろんさ」

「じゃあ、妙子さんはアヒル？」

「あ……ああ……アヒルだよ」

正夫が、しどろもどろになりながら答えた。

「嬉しい！」

早苗が顔をくしゃくしゃにし、テーブル越しに正夫を抱き締めた。

「妙子が浮気をしていると疑った森野君は、相手が誰かを問い詰めた。妻を寝取った男が正夫だと知った彼は、激しい憤りを覚えた。人の好さそうな顔をしている裏で、本家で格上だという優越感に浸り、自分を見下している正夫のことを森野君は嫌っていた。泰平の手前、仲のいい振りをしているけど、森野君は山野家の人間を毛嫌いしていた。中でも、年が近くて恵まれた環境にいる正夫のことはジェラシーも含めて一番嫌いだった。よりによって自分の妻が、そんな正夫と浮気をしている。森野君は、復讐の鬼と化した。正夫を破滅させるために、妻を寝取られたことを山野家の面々に暴露しようとした。正夫からすれば、妙子の肉体に溺れていたなんて早苗はもちろんのこと、泰平や稲や一夫や若菜に知られたら一巻の終わりだ。離婚はもちろん、一人息子の達夫とも二度と会えなくなるだろう。正夫は、必死に森野君を説得した。五十万を払って口止め料にしようとしたことが、火に油を注ぐ結果となった。もっとも、森野君の目的は金ではなく正夫に屈辱を与えて地獄に落とすことだったから、五十万が五百万でも撥《は》ねつけたはずだ」

真堂が、得意げに持論を展開した。

「あのAV男優みたいな小説家、また、あなたのことを言ってるわよ。しかも、妙子さんの肉体に溺れたとか……放っておくわけ？」

早苗の声は怒りに震え、その眼は正夫を睨みつけていた。

「小説家の単なる空想なんだから、真に受けて怒ったりしたらこっちが馬鹿を見るよ。こういうのは聞き流すのが一番さ。せっかく夫婦水いらずで食事をしているんだから、僕らの会話をしようよ。ね？」

正夫が、早苗に根気よく諭し聞かせた。

「それもそうね。所詮《しょせん》は、小説家の勝手な妄想よね？　それに、小説家っていっても下品で教養なさそうだし……そんな相手のために私たちの時間を費やすのはもったいないわ」

早苗は自らを納得させるように言いつつ、冷たくなったチーズインデミグラスハンバーグの欠けらを口に放り込んだ。

「それに、あなたと妙子さんが不倫だなんて、猫がワンって吠えるくらいありえないことだし。そうよね？」

「も、もちろんだとも！」

正夫はフォークで掻き回し過ぎてペースト状になったチーズドリアを口に運んだ。

「つまり先生は、正夫さんが口封じのために森野君を殺害したと推測しているのですね？」

編集者が訊ねると、真堂が吸い差しの煙草を灰皿に押しつけながら大きく頷いた。

「森野君が金に転ばない以上、殺すしかなかった。完全犯罪を目論《もくろ》んで遺体をバナバラにしたまではよかったが、もともと頭が抜けてるからあんな近所に杜撰《ずさん》な捨てかたをしたっていうわけだ」

「正夫さんって、空気が読める頭がよさそうな人ですけどね」

編集者が、正夫を庇うように言った。

「人の眼を気にしていい顔したいだけで、空気なんて全然読めないさ。正夫は、八方美人なだけの馬鹿だよ」

真堂が正夫を嘲《あざけ》った。正夫はペースト状になったチーズドリアをフォークで掬い上げては戻すことを繰り返していた。

「あなたのこと、あんなふうに……」

「大丈夫……僕なら大丈夫だから。そ、それよりさ、チーズインデミグラスハンバーグの味はどう？」

強張った笑みを浮かべつつ、正夫が早苗に訊ねた。

「こんなときに、そんなこと言ってる場合じゃないでしょう⁉」

早苗が血相を変え、正夫を苛んだ。

「早苗ぇ〜お願いだから、僕の言うことを聞いてくれないかい？　君の腹立ちもわかるけど、いま、彼に文句を言ったらどうなると思う？　彼は作家だから、週刊誌の編集者とも通じているはずだ。ただでさえ山野家に悪感情を抱いているのに、僕らがクレームなんてつけたらどうなるかを考えてごらん？　創作が仕事の彼にかかったら、あることないこと面白おかしく書き立てられて恥をかくのは僕たちのほうなんだからさ」

正夫は声を潜め真堂のテーブルを気にしながら、早苗の手を握り懸命に説得した。

「事実無根のでたらめを書かれたって、痛くもかゆくもないわ」

早苗は強い口調で言うと、正夫の手を振りほどこうとした。

「週刊誌の読者やワイドショーの視聴者が事実無根だと信じてくれる保証なんて、どこにあるんだい？」

「どういうことよ？」

「彼らにはでたらめを披露する場があるけど、僕らにはそれを訂正する場はないんだよ？　それに、世間は面白い展開を期待しているから、彼らの発言や記事が真実であることを願うんだ。世の中の人々にとって大事なのは、つまらない真実よりも好奇心を満たせるでたらめなのさ」

「……なんだか、いまの正夫さん、いつもの正夫さんらしくなくてかっこいいわ」

一転して早苗が、うっとりとした表情で正夫をみつめた。

「そ、そうかい？」

正夫が、照れ笑いを浮かべながら答える。

「そうね。あなたの言う通りだわ。父さんほどじゃないにしても、私たちも何度もテレビに出て顔が知られているから軽率な行動は慎んだほうがいいわね」

早苗が、すっきりした表情で言った。

「うん。僕らも、ある意味有名人だから気をつけないとね。わかってくれて、ありがとう」

正夫が、早苗に微笑みかけた。

「ちなみに、俺が適当な想像で正夫犯人説を口にしていると思ったら大間違いだよ。正夫は、マジに妙子と浮気しているらしいからな」

「えっ……森野君の奥さんが⁉　嘘でしょう⁉」

真堂の衝撃の発言に、編集者が素頓狂《すっとんきょう》な声を上げた。正夫の、フォークを口元に運ぼうとした手が宙で止まる。

「嘘じゃないって。『幻夏社』の俺の担当編集者が森野君の友達で、彼から相談を受けていたらしい。妙子が山野家の人間と浮気してるってな」

「それが本当なら、正夫は重要参考人の一人じゃないですか⁉」

編集者の声を、正夫がフォークを皿に落とす甲高い衝撃音が掻き消した。

「あなた……あんなこと言ってるけど、嘘よね⁉」

正夫を見据える早苗の瞳には、驚愕、疑念、激憤の感情が混濁していた。

「嘘に……決まっている……じゃないか！」

突然、正夫が席から立ち上がった。

「あなた、なにする気⁉　山野家の人間だとバレたら大変なことになるから彼に文句を言ったらだめだって、正夫さんが言ってたんじゃないっ」

引き留めようとする早苗の手を振り払い、正夫は真堂のテーブルにダッシュした。

真堂と編集者が、怪訝な顔で正夫を見上げた。

「おいっ、君！　小説家だかなんだか知らないけど、でたらめばかり言うんじゃない！」

「でたらめ？」

真堂が首を傾げた。

「惚《とぼ》けるな！　啓介君の奥さんが不倫をしていたとかなんとか、作り話を言ってただろ！」

正夫は声を裏返し抗議しながら、真堂に人差し指を突きつけた。

「ああ、言ってたけど。それがなにか？」

真堂は、あっさりと認めた。

「それがなにかじゃないでしょう！　あんなひどいことを言っておいて、私たちを目の前に、よくも平然としていられるわね！」

早苗が正夫を押し退け、真堂に食ってかかった。

「ひどいことって言われてても、正夫と妙子が浮気してたのは事実だろ？」

真堂が、正夫と早苗を交互に見比べながら悪びれたふうもなく言った。

「ウチの人を前に……よくも抜け抜けとそんなでたらめを言えるわね！」

「そうだ！　僕を前にして、なぜ自信満々に言い切れるんだ！　君に、いったい、僕のなにがわかるって言うんだい！」

早苗と正夫が、競うように真堂を問い詰めた。

「おいおい、落ち着けって。なにをそんなに興奮してるんだよ？」

真堂が、欧米人のように両手を広げた。

「落ち着けるわけが……」

「ちょっと待って。あのさ、あんたらに訊きたいことがあるんだけど」

気色ばむ正夫を、真堂が制した。

「訊きたいことって、なによ⁉」

早苗が、目尻を吊り上げ真堂を睨みつけた。

「そもそも、あんたら誰？」

真堂の質問に、正夫と早苗は表情と声を失った。

4

恵比寿駅から徒歩数分のカフェの自動ドアを潜った正夫に、客の視線が集まった。正夫は変装のために、キャップとマスクとサングラスをつけていた。

「いらっしゃいませ。おひとり様でしょう……」

「待ち合わせだから」

出迎えたウエイターを遮った正夫は、フロアに視線を巡らせた。

フロアの最奥のテーブルに座っていた黒いワンピース姿の女性が、耳の位置まで手を上げていた。

正夫は俯《うつむ》き加減に、早足でフロアを進んだ。

「早かったね」

言いながら、正夫は席に着いた。

「ここにくる前に、『ダイニング富士』の店長に挨拶をしてきたの」

妙子が窄《すぼ》めた唇から、糸のような紫煙を吐き出した。

「ダイニング富士」は、啓介の七回忌……「偲《しの》ぶ会《かい》」が行われる会場だ。

「主催は『どんぐり出版』なんだから、そんなの編集長に任せておけばいいのに」

正夫は妙子から視線をウエイターに移し、アイスコーヒーを注文した。妙子の前には、レモンティーのカップが置かれていた。

「そうはいかないわよ。妻としてそれくらいしなきゃ、裏でなにを言われるか。私、苦手なのよね」

妙子が吸い差しの煙草を灰皿に押しつけ、唇をへの字に曲げた。

「なにが？」

「それより、いつまでそうしているつもり？　却って目立つわよ。もしかして、『リアル磯野家』を観ていた人にバレないようにとか思って変装したの？」

「そ、そんなわけないじゃないかぁ。家族に見られたらまずいと思っただけだよ」

正夫はキャップを脱ぎ、サングラスとマスクを外した。

「よかった。正夫さんが芸能人気取りで変装していたらどうしようかと思っちゃった。七年も前に終わったドキュメント番組のことなんて、もう誰も覚えてないから。おじさんみたいに滑稽な人にならないでね」

妙子が、薄笑いを浮かべつつ肩を竦めた。

「わかってるよ。それよりさっきの話だけど、なにが苦手なんだい？」

思い出したように、正夫は妙子に訊ねた。

「ああ、『どんぐり出版』の人達よ」

「『どんぐり出版』の編集者のことかい？　どうして苦手なんだい？」

「いつまでも啓介さんのことを忘れずにいてくれるのは嬉しいんだけど、偽善者っぽくて気味が悪いわ」

妙子は眉を顰《ひそ》め、新しい煙草に火をつけた。

「君ぃ、それは言い過ぎだよぉ。啓介君がそれだけ会社にとって重要な存在だったって証《あかし》さ」

「ところで、早苗さん達にはなんて言って出てきたの？」

今度は、妙子が思い出したように正夫に訊ねてきた。

「会社の打ち合わせを終わらせてから会場には直接向かうと言ってきたよ」

「あら、今日は日曜日なのに？」

「トラブルが起きたって言ったら、すぐに信じてくれたよ」

「早苗さん、単純な人だものね。私が、自分より何年も早く正夫さんと出会っていたなんて夢にも思ってないでしょうね」

妙子が、含み笑いした。

「それは啓介君も同じだろう？　まさか、自分が出会う三年も前に僕と君が親しい間柄だったなんて知ったら、さぞ驚いただろうね」

正夫も含み笑いした。

「中学生の私の家庭教師として現れたのが、大学生だったあなたよ」

「あ〜懐かしいなぁ。甘酸《あまず》っぱい青春時代に戻りたいと思わないかい？」

正夫は、テーブルに置かれた妙子の手に掌を重ねた。

「ちょっと、ここは『偲ぶ会』の会場と目と鼻の先なのよ。誰かに見られたらどうするの？」

その言葉とは裏腹に、妙子は正夫に手を握られたまま十代の娘のように、頬をほんのりと赤らめていた。

妙子は三十歳になるが、もともとの童顔にくわえ肌もきめ細かで瑞々しく、二十代前半と言っても違和感はない。早苗はそんな妙子より一つ年上なだけだが、妙子に比べて老け顔で、新婚当時からよく三十路《みそじ》と間違われた。

「昔から、ウブなところは変わらないねぇ。僕は、君のそういうところが好きなんだよ」

正夫の頬肉が弛緩《しかん》し、丸眼鏡の奥の目尻が下がった。

「あら、早苗さんだって純粋じゃない？」

「勘弁してくれよぉ～。あの女は純粋というよりも直情的なだけさ。いつだって自分は正しくて、間違っているのは周りの人間って考えなんだ。あいつのせいで、僕の精神も肉体もストレスでボロボロさ」

正夫は下唇を突き出し、肩を落として見せた。

「早苗さんじゃないってことだけはたしかね」

「え？　なにが？」

怪訝な表情で正夫は訊ねた。

「啓介さん殺しの犯人よ」

妙子が、さらりと言ってのけた。

「は、犯人……」

「シッ、声が大きいわ」

身を乗り出した妙子が、人差し指を正夫の唇に立てた。

「ど、どういう意味なんだい？」

正夫は、声を潜めた。

「ここ数年はまったく話題にもならなくなったけれど、七年前までは『上用賀バラバラ殺人事件』はワイドショー、ネット、週刊誌で毎日のように取り上げられていたわ。国民全員が探偵気取りで犯人探しをしていたでしょう？」

「ああ、そうだったね。いやぁ～懐かしいなぁ～。あのときは、毎日のように取材やテレビ出演のオファーが相次いでさ……」

「楽しい出来事を振り返っているみたいな物言いね。殺されたのが私の夫だってことを忘れてない？」

口もとに微笑みは湛えられているが、妙子の眼は笑っていなかった。

「え……あ……ああ、ごめんごめん！　そういうつもりじゃなかったんだ。本当に、ごめんよぉ」

正夫は、動転して舌を縺《もつ》れさせつつ顔前で両手を合わせた。

「もう、いいわ。話を続けるけど、その当時、ＳＮＳ上で山野家の人間が疑われていたことは知ってるでしょう？」

「ああ、火のないところにも煙は立つもんだなぁって思ったよ」

正夫は呑気《のんき》な口調で言うと、欧米人さながらに両手を広げた。

「本当に、火はなかったのかしら？」

妙子が口内で紫煙を弄びつつ、疑念の色が宿る眼を正夫に向けた。

「え？　それって、もしかして君は、山野家に犯人がいるって疑ってるのかい？」

妙子が、小さく顎を引いた。

「驚いたなぁ……まさか、君がそんなふうに思っているなんて。いつからだい？」

「事件の直後からよ」

躊躇《ためら》いなく、妙子が言った。

「ということは、君は六年前からずっと!?」

ふたたび、妙子が頷いた。

「だ、だったら、どうしていままで黙っていたんだい!?　僕達、週一ペースで会っていたんだから、いくらでも話すチャンスはあったはずだろう？」

正夫は、アイスコーヒーのグラスに直接口をつけてがぶ飲みした。

「あなたが、山野家の人間だからよ」

「それは……もしかして、僕のことも疑っているっていうことなのかな？」

正夫は、怖々《こわごわ》とした表情で訊ねた。

「啓介さんがいなくなったら私は独身に戻るから、正夫さんにちょっかいを出さないか心配になる。だから、早苗さんが犯人の線は薄いわ」

妙子は正夫の質問には答えず、独自の推論を述べた。

「早苗は、僕と君の関係を疑ってないから大丈夫……って、き、君、本気で僕を疑っているのかい⁉」

　正夫は、卵のような白い肌を紅潮させて声を裏返した。

「ええ、疑っているわよ」

　躊躇いなく、妙子が答えた。

「ちょっと待ってくれよ……」

「正夫さんだけじゃないから、安心して。私は、タッちゃん以外の全員に可能性があると思っているの」

　妙子が、正夫を遮った。

「か、一夫君や若菜ちゃんのことまで疑っているのかい⁉　さすがにそれは……だって彼らは当時、まだ小学生だよ⁉」

　正夫は、素頓狂な声を上げた。

「一人なら難しいでしょうね。でも、共犯ならありうるわ」

「きょ……共犯ってね、君……そもそも、どうして僕達が家族同然の啓介君を殺さなきゃならないのさ？」

「家族同然って、それ、本気で言ってるの？」

　妙子が、意味深な言い回しをした。

「ほ、本気に決まっている……」

「冗談じゃないわ！」

妙子のテーブルを叩く衝撃音が、正夫の声を掻き消した。ウエイトレスが心配そうな視線を妙子たちの席に向けている。しかし、そんなことに構うことなく、妙子は押し殺した声で続けた。

「六年前のあの日、通夜の席でも言ったけど、私達夫婦が山野家にたいしてどんなに気を遣ってきたことか、どんなに耐えてきたことか、あなたにはわからないでしょう⁉　おじさんはいつも森野家をリアル磯野家の付属品扱いして、おばさんは親切心を装いながら私達を見下しているし、早苗さんは親切心を装おうともせずに敵意を剝き出しにしてくるし、一夫君は無神経にからかってくるし、若菜ちゃんは好意的なふりをしているけど一夫君の十倍は私達のことを馬鹿にしているし……そして正夫さんは、そんな彼らを諭そうとするどころかおじさんやおばさんのご機嫌を取ってばかりだし。山野家の人達は従順な私達にならば優しくなれても、対等になることを絶対に認めないわ。山野家と森野家がうまくいっていたとするなら、それは私達の犠牲があってこその友好関係なの！」

スイッチの入った妙子の剣幕に、正夫は防戦一方だった。

「き、君が僕達のことをそんなふうに思っていたなんて……ショックだよ。それに、百歩譲って君の言う通りだとしても、恨みに思っていた啓介君には動機があっても、山野家にはないことにならないかい？」

さすがの正夫も、憮然《ぶぜん》とした顔で訊ねた。

「ほら、そういうところよ！　啓介さんに動機があっても、自分達に動機はないって決めつけるそのスタンス！　山野家の人間は、昔、朝鮮を支配していた明《みん》とか清《しん》みたいだわっ」

妙子の怒りが沸点に達した。

「明とか清……支配なんて、君ぃ、それは言い過ぎだよ！　僕はただ、山野家の人間には啓介君を殺害する理由がないってことを言っただけさ」

正夫も、一歩も退かなかった。

「話をすり替えないで！　啓介さんには山野家の人々を殺す動機があるって、そう言ったでしょう⁉」

妙子が声を裏返し、正夫に詰め寄った。

もう彼女には、周囲の客の眼は視界に入っていないようだった。

「そ、それは、その、言葉のあやだよ……き、君が、啓介君の殺害犯が山野家にいると疑っているなんて言うから……」

「ほら、また私のせいにしてる！」

「いや、そういう意味じゃ……」

「正夫さんの眼には、山野家の人々はどう映ってるの⁉」

正夫を遮り、妙子が訊ねてきた。

「え……？」

「もう、もどかしい人ね。正夫さんは、山野家の人間をどう思ってるのかってことを訊いてるのよ！」

「それは……団欒を愛する古き良き昭和の大家族って感じかな。いまの家族に失われつつある絆を大事にする……もう、このへんでいいかい？　なんだか、自分の家族をこんなふうに言うの恥ずかしいなぁ」

照れ笑いする正夫を、妙子が冷え冷えとした瞳で見据えた。

「正夫さん、本気で、山野家の人達のことをそう思ってるの？」

「あ、ああ……おかしいかい？」

「あの、日本の父親を代表しているとでも言いたげな自己中心的で目立ちたがり屋のおじさんが、私と啓介さんを山野家の人間と同じに考えてくれていると思う？」

「あ、ああ……もちろんだよ」

「あの親切顔の裏におじさん以上の強い自我と野心を隠し持っているおばさんが、私と啓介さんを山野家の一員と考えてくれていると思う？」

「あ、ああ……もちろんだよ」

「あの潑溂《はつらつ》とした陽気なおてんば娘を演じている勝手気ままなわがまま女の早苗さんも？」

「あ、ああ……もちろんだよ」

「正夫さんが、そこまで信じている人達のことなら、私も信じてみようかしら」

妙子が、それまでの剣呑《けんのん》な雰囲気から一転した穏やかな表情で言った。

「本当かい⁉　いやぁ〜君がウチの人達と仲良くやってくれると、僕も嬉しいよぉ」

正夫は、言葉通り嬉しさに思わず裏返った声を出した。

「ええ。私も、嬉しいわ。今日は七回忌という節目じゃない。実は、『偲ぶ会』でおじさん達に協力してほしいことがあったんだけど、断られるんじゃないかと不安だったの。でも、正夫さんが私と啓介さんのことを家族だと思ってくれていると聞いて、安心したわ」

「あたりまえじゃないか〜。君も啓介君も、山野家の一員さ！　お義父さんやお義母さんはもちろん、僕も早苗もどんな協力でも惜しみなくするから任せて！」

正夫が胸を叩いて見せると、妙子がにっこりと微笑んだ。

☆

「ここからは、別々に行ったほうがいいね」

カフェを出た正夫は、妙子に言った。さっき妙子に突っ込まれたので、正夫は変装をしていなかった。

「そうね。『偲ぶ会』の前に二人で会っているところを見られたら、なにかと面倒なことになるものね」

「わかってると思うけど、みんなの前では……」

「大丈夫だって。何年一緒にいると思ってるの？　いままで私が、山野家の人達に疑われるような態度を取ったことが……」

正夫を遮った妙子が、言葉を呑み込んだ。

妙子の視線を追って振り返った正夫は、表情を失った。

「正夫義兄さん、こんなところでなにしてるの？　どうして、妙子おばさんと一緒なの？」

一夫が、怪訝そうに眼を細めて正夫と妙子を見比べた。坊主頭は変わらないが、高校生となった声はざらついた低音となっていた。

「え？　あ、ああ……いや、偶然、バッタリ会ったんだよ～。一夫君こそ、どうしてこんなところにいるんだい？」

「どうしてって、今日は啓介おじさんの『偲ぶ会』でしょ？　姉さんのストッキングが破れたから、僕が買い出しを頼まれたんだよ」

「そ、そうだったね〜。うっかり、忘れていたよ。じゃ……じゃあ、一緒に行こうか？」

「妙子おばさんと偶然バッタリ会ったって言ったよね？」

不意に、一夫が訊ねてきた。

「う……うん、そうだよ」

「ここから出てきたのに？」

一夫が、正夫と妙子の背後のカフェを指差した。

「え⁉」

正夫は、弾かれたようにカフェを振り返った。

「あ……ああ、ト、トイレを借りたくてね……」

正夫は、咄嗟《とっさ》にでたらめを口にした。

「トイレを借りるのに、わざわざカフェに入ったの？」

一夫が怪訝そうにさらに眼を細めた。

「が、我慢できなくてさ……。僕がもともと胃腸が強いほうじゃないのは、一夫君も知ってるだろう？　おまけに、『偲ぶ会』でスピーチするかもしれないことを考えただけで、緊張にお腹がゴロゴロし始めたしさぁ。駅の改札出てから急に腹痛に襲われちゃったからトイレもなくて、もう、参っちゃったよ〜。それで、慌ててカフェに飛び込んだってわけなんだよ」

「僕ならコンビニに入るけどね」

一夫が十メートルほど先にある「セブン‐イレブン」を指差した。

「も、もちろんそれも考えたけど、コンビニでトイレを貸してくれないところがあるだろう？　何度か断られた経験があるから、確実な場所を選んだんだよ〜。ほら、いつだったか、一夫君とグローブを買いに行ったときにも、僕が急に腹痛に襲われたことがあったのを覚えているかい？」

「うん、覚えてるよ。でも、あの日は前日に食べた生牡蠣《なまがき》があたったんだよね？　昨日、生牡蠣なんか食べたっけ？」

一夫の淡々とした口調には、疑念の響きが込められていた。

「な、生牡蠣ばかりがお腹を壊す原因じゃないさ……さっきも言ったけど、もともと僕はお腹が弱いからねぇ。精神的にプレッシャーを受けると、お腹にきちゃうんだよ〜。困ったもんさ、このデリケートなお腹には……」

正夫は、お腹を擦《さす》りつつ苦笑いを浮かべた。

「へぇ、じゃあ、いまも危ないね」

「え？　なにがだい？」

「だって、精神的プレッシャーを受けるとお腹にきちゃうんでしょう？」

一夫が、加虐的な光が宿る瞳で正夫をみつめた。

「え？　ど、どうして、僕が一夫君と話すのに精神的プレッシャーを感じなければならないのかな？」

正夫は懸命に平静を装い、質問を返した。

「まあ、いいや。妙子おばさんもトイレ？」

一夫は、妙子に視線を移した。

「え？　私は、お茶を飲んでいたのよ」

「ふ〜ん。義兄さんは、トイレを借りに入ったカフェで偶然に妙子おばさんに会って、それで一緒にお茶して出てきたんだね？」

一夫が、正夫に視線を戻すと確認するように訊ねてきた。

「ま、まあ、そういうことだね」

「ふ〜ん。一緒にお茶をねぇ」

「ん？　僕と妙子さんがカフェでお茶をしたら、おかしいかい？　存在に気づいたのに妙子さんを置いて出るのもなんだと思ってね」

「僕は、おかしいなんて言ってないさ。ただ、それならトイレを借りるためとか言わないで、妙子おばさんとお茶してたって言えばいいのにな、と思っただけだよ。それとも、なにか言いづらい理由でもあったの？」

正夫の首筋から背中へ、冷や汗が流れ落ちる。

「い、言いづらい理由なんて、あるわけないじゃないかぁ」

「じゃあ、なんでトイレを借りるためにカフェに入ったって言ったの？　なんだか、妙子おばさんとお茶しているのを知られたくなかったみたいだよ」

「ぼ、僕が？　妙子さんとお茶をしているのを知られたくないわけないじゃないかぁ」

正夫は自分の顔を指差し、眼をまん丸に見開いて見せた。

「じゃあ、どうして、最初からそう言わなかったの？」

一夫は執拗に同じ質問を繰り返した。

「べ、別に……理由はないさ。トイレを借りに入ったのは本当だから、そう言っただけだよ」

「ふ～ん。じゃあ、姉さんに正夫義兄さんと妙子おばさんがお茶をしてたと言ってもいいんだよね？」

「も、もちろんさぁ。言っちゃいけない理由なんか、あるわけないじゃないか」

正夫は、動揺を押し隠し笑顔で頷いた。

「わかった。じゃあ、あとでね」

一転して、何事もなかったように一夫は笑顔で言い残し、踵《きびす》を返して走り去った。

小さくなる一夫の背中を見送りながら、正夫はため息を吐いた。急に、膝がガクガクと震え始めた。額には玉の汗が浮いていた。

「感じ悪い子ね」

妙子が、吐き捨てるように言った。

「いつもは、あんな子じゃないんだけどね」

「名探偵気取りで、しつこく何度も同じ質問ばかりして」

「悪気はないから、許してあげてくれよ……」

「馬鹿にしてるのよ」

妙子が、ふたたび吐き捨てた。

「え？」

「おじさんやおばさんと同じで、私を分家扱いして馬鹿にしてるのよ」

妙子の眉間には、険しい縦皺が刻まれていた。

「君ぃ、それは考え過ぎだよ～」

「考え過ぎじゃないわ。じゃなきゃ、私の目の前であんな態度を取るわけないでしょう？　たとえば、早苗さんの前でも同じように失礼な態度をすると思う？」

「早苗は、実の姉だからね～。君の場合とは……」

「本家の早苗さんと分家の私では格が違うって言いたいわけね⁉」

妙子が、目尻を吊り上げ正夫を睨みつけた。

「だ、誰も、そんなこと言ってないじゃないかぁ。と、とにかく、あんまり遅れるとまた一夫君に疑われちゃうから、僕達も急ごう」

正夫は早口で言うと、逃げるように足を踏み出した。

☆

「本日は、ご多忙中にもかかわらず、『森野啓介君を偲ぶ会』にお集まり頂き、誠にありがとうございます。森野君の担当作家を代表いたしまして、不肖《ふしょう》橋爪健太郎が一言御礼のご挨拶を申し上げます」

「ダイニング富士」の親族席の丸テーブルに座った正夫は、マイクを片手に高揚した面《おも》持《も》ちで冒頭の挨拶をする橋爪を苦々しい顔で睨みつける脇坂宗五郎を見ていた。

「見て見て、脇坂先生の顔……『偲ぶ会』の代表挨拶を橋爪先生に取られて面白くないのね」

隣の席に座る早苗が、耳元で囁いてきた。

「シッ……聞こえたら、どうするんだい」

正夫は、腹話術師のようにほとんど唇を動かさずに早苗を窘めた。

「だから、こうやって耳に唇を近づけてるんじゃない」

早苗が、さらに密着してきた。

右の頬に突き刺さる視線——円卓の右斜め前に座っている妙子が、正夫に厳しい眼を向けていた。

左の頬に突き刺さる視線——左斜めの席から一夫が、正夫に疑わしそうな眼を向けていた。

正夫は顔が強張らないように気をつけながら微笑んでみせたが、一夫はにこりともしなかった。

「生前、森野君は大変なグルメだったので、このような素敵なダイニングレストランで偲ぶ会を開いて貰っていることに天国で大喜びしていることでしょう。森野君が旅立ってから早六年……私には、寿司を摘まみながら彼と文学論を交わしていた熱い日々が昨日のことのように蘇ります。いまでも、ひょっこり彼が現れて、先生、原稿を首を長くして待ってますよ！ とあの人懐っこい笑顔で言ってくるような気がしてなりません」

「なにが文学論を交わしていた熱い日々じゃ。森野君がいなければ初版どまりのマイナー作家だったくせに」

隣のテーブル——脇坂が苦虫を嚙み潰したような顔で吐き捨てた。

「ほらほら、言った通りでしょ？」

早苗が、クイズで正解したように声を弾ませた。

正夫の正面に座る泰平は、まさに啓介を偲んでいるとでもいうように天を仰ぎ眼を閉じていた。

「皆さんもご存じのように、デビュー以来十三年間鳴かず飛ばずだった私がベストセラー作家になれたのも、森野君との出会いがあったおかげです。打ち上げの席で感謝の言葉を並べる私に、森野君はこう言ってくれました。先生の作品の結果が出ていなかったのは物語のせいではなく、認知度の問題でした。つまり、こんなに面白い物語があるんだよ、ということを知る人が圧倒的に少なかっただけの話です。僕は、橋爪健太郎の小説がいかに面白いかという事実を一人でも多くの読者に広めるお手伝いをしただけです……と。森野君は、どこまでも謙虚な好青年でした」

橋爪が、一言一言噛み締めるように言った。

「森野君のおかげと言いながら、結局は自慢かい」

脇坂が鼻を鳴らした。

「先生、ご機嫌を直してくださいよぉ」

色こそ地味なグレイだが、小ぶりなスイカほどはありそうな胸の膨らみを強調したタイトなワンピース姿の島崎梨乃が脇坂を鼻にかかった声で宥めていた。

「あの下品な巨乳女、啓介さんの担当していた作家さんを引き継いでいるんですってよ。たいした出世ね。編集長に色仕掛けでもしたのかしらね」

ふたたび、早苗が耳打ちしてきた。

ふたたび、妙子が厳しい眼を向けてきた。

ふたたび、一夫が疑わしい眼を向けてきた。

負のスパイラルに、正夫は眉間に皺を寄せながら、胃の辺りをさすっている。

泰平は、相変わらず芝居がかった表情で眼を閉じ唇を噛み天を仰いでいた。その隣の稲は、「どんぐり出版」のテーブルに座る二十代前半と思《おぼ》しき若い男性社員に、熱い視線を送っている。

「島崎君、森野君が担当する中で一番の売れっ子でもあり『春木賞』作家であるわしを差し置いて、どうしてあんな一発屋が代表挨拶をするんだね⁉」

脇坂が、憤懣やるかたないといった表情で言った。

「脇坂先生は森野さんがいなくても元から大作家さんでしたけれどぉ、橋爪先生は違いますぅ。森野さんがいなければ、橋爪健太郎という作家は消えていた……森野さんの功績を讃えるという意味で、代表挨拶を橋爪先生に頼んだというのが理由なので拗《す》ねないでくださいね」

梨乃が、幼子をあやすような口調で脇坂を宥め続けた。

「なるほどな。たしかに、言われてみればその通りじゃ。森野君はわしのおかげで光ることができたが、一発屋は森野君のおかげで光ることができた。この違いは大きいな」

脇坂が、満足そうに頷いた。

「わかってくださってぇ、梨乃、感激ですぅ。脇坂先生みたいな人がパパだったらよかったのにぃ」

鼻から抜ける声で言いながら、梨乃が脇坂の腕に抱きついた。

「まったく、島崎君は子供じゃな～」

脇坂の目尻は下がり、鼻の下は倍ほどに伸びていた。

「脇坂先生のあんなにだらしない顔、初めて見たわ。あの下品巨乳女、やっぱりただものじゃないわね。ああやって色をちらつかせながら言葉巧みに男を操ってるのね」

早苗が、眉を顰めながら言った。

「君ぃ、よく知らない人をそんなふうに言っちゃだめだよぉ」

「あら。知ってるわよ。啓介さんの通夜の席であなたとお父さんがいやらしい眼で胸を見てた女の人でしょ?」

早苗の言葉に、眼を閉じ天を仰いでいた泰平が正夫とハモるように呟き込んだ。妙子は険しい顔で正夫を睨みつけ、そんな妙子と正夫に一夫は疑惑の視線を送っていた。

「な、なにを言ってるんだよ……そんなこと、あるわけないじゃないかぁ」

正夫は、しどろもどろに言った。

「そうじゃ。お前は、啓介の七回忌になんということを……」

「では、次に、親族を代表致しまして、故人を実の息子のように可愛がっておられた山野泰平さんにご挨拶をお願い致します」

司会進行役の「どんぐり出版」の編集長の声に、泰平が言葉を切り弾かれたように立ち上がった。

「え〜いま、ご紹介にあずかりました山野泰平です。以前、『リアル磯野家』という最高視聴率二十パーセントを超えた人気のドキュメント番組をシリーズでやっていましたので、わしの顔を知っている方も多いと思います。あ、わしは芸能人じゃなくサラリーマンですので、念のため」

マイクを手にした泰平が、頬を紅潮させながら言った。

「また、お父さんったら、関係のない自慢話を入れちゃって。いちいち断らなくても、誰も芸能人だなんて思わないわよ……まったく、仕方ないわね」

早苗がため息を吐いた。

「啓介は、わしを本当の父親のように慕ってくれていました。会社で人間関係に疲れたり仕事に行き詰まったりすると、必ずわしを頼ってきてくれて……二人で朝方まで飲み明かしていた日々が昨日のことのように思えて……」

泰平が指で目頭を押さえ、唇を震わせた。

そんな泰平に、妙子が厳しい顔を向けていた。

「啓介っ、わしを残して先立つなんて、お前はとんだ親不孝者じゃ！」

涙目を見開き涙声で叫ぶ泰平の姿を、一変して妙子は冷ややかな眼で見ていた。相変わらず稲は、「どんぐり出版」の関係者席に座るイケメン男性を潤む瞳でみつめていた。

「ドキュメント番組はずいぶん前に終わったし、啓介さんの事件でテレビに呼ばれることもなくなったから、久々に注目を浴びる状況が嬉しくて仕方ないって感じね」

早苗の眼も、妙子に負けないくらいに冷ややかだった。

『だが、どれだけ叱っても、もう、お前は帰ってこないんじゃな。お前が死んで、六回目の春を迎えた。いつまでも過去に囚われて哀しんでばかりいたら、逆にお前に叱られてしまうな。啓介、わしは決めたぞ。みなさんを前に、約束する。今日を最後に、息子のことで哀しまないと……」

泰平が参加者を見渡し、拳を握り締め唇を震わせた。

「いつまで経っても、主役気分が抜けない人ね」

早苗が呆れ口調で言った。

「本当ですね。誰も、おじさんが啓介さんのことで哀しむとか哀しまないとか気にしていないと思うんですけど。勘違いも、あそこまで行くとイタい感じがします」

追従する妙子に、早苗の血相が変わった。

「あら、妙子さん、それは言い過ぎじゃない？」

「え？　先におじさんのことを悪く言ったのは、早苗さんじゃないんですか？」

詰め寄られ慌てるどころか、妙子は涼しい顔を早苗に向けた。

正夫を挟んで、早苗と妙子が睨み合う。

「お姉ちゃんも妙子おばさんも、こんなところで喧嘩なんてやめて」

セーラー服で出席している若菜が、思春期特有の敏感さで周囲を気にしていた。

「私は娘だからいいの！　でも、あなたは違うでしょ⁉」

諌《いさ》める若菜を無視した早苗の剣幕に、周囲の出席者の視線が集まった。

「早苗ぇ、声が大きい……」

「ほら、本音が出ましたね」

正夫を、妙子が遮った。

「どういう意味よ⁉」

「そうやって、私達を分家扱いして見下しているところですよ」

「お姉ちゃんも妙子おばさんも、もうやめてったら」

若菜は頬だけでなく、耳朶《じだ》まで朱に染めていた。

「ああ、そのこと。だって、分家は分家じゃない」

若菜を無視して続ける早苗が、鼻で笑った。

「とうとう、開き直りましたね」

同じく若菜を無視して続ける妙子も、負けじと鼻を鳴らした。

その間で正夫は下を向きながらお冷やを飲み干し、立て続けに早苗のグラスのお冷やも空けた。

「おいっ、お前達！」

泰平が、顔を紅潮させて早苗と妙子を指差した。

出席者達がざわめき始めた。

「わしが啓介に別れの言葉を言っておるときに、なにを騒いでるんじゃ！　ちゃんと、話を聞かんか！」

山野家の家長の威厳を示すかのように、泰平が二人に怒声を浴びせた。会場の空気が、瞬時に凍てつく。

周囲の眼を意識し、早苗も妙子も反論する気配はなかった。

「大声を出して、すみませんでした。人様に迷惑をかけるものは、たとえ大人でも雷を落とすのが山野家の教育方針でして。昭和のやりかたしかできない自分ですが、間違っているとは思いません。ああ、いかんいかん、話が横道に逸れてしまいましたな。では、啓介君に贈る言葉を最後にわしのスピーチを終わりにします」

取り繕ったような笑顔で言うと、泰平が眼を閉じ深呼吸を始めた。

五秒……十秒——泰平は眼を閉じていた。

十秒……二十秒——泰平は眼を閉じていた。

二十秒……三十秒――泰平は眼を閉じていた。

「まったく……どこまでタメるつもりよ」

早苗が辟易《へきえき》したように囁いた。

「ここは、おじさんのリサイタル会場かしら」

妙子が皮肉を囁いた。

「お姉ちゃんも妙子おばさんも静かにして」

若菜が周囲を気にしながら囁いた。

「お祖父ちゃん、眠いんですか？」

小学三年になっても家族に敬語の達夫が、一夫に囁き声で訊ねた。

「そうじゃなくて、啓介おじさんの死を悼んでいるんだよ」

一夫が囁き声で達夫に説明した。

稲は、泰平の口が開くのを固唾《かたず》を飲んで待っている「どんぐり出版」のイケメン男性の横顔に、うっとりした眼差しを向けていた。

五十秒が過ぎた……泰平は眼を閉じていた。

「死をいたんでいるって、死んだから啓介おじさんが痛がっているってことですか？　悪い人にバラバラにされて殺されたから、啓介おじさんが痛がっているってことですか？」

達夫の声に、妙子が目尻を吊り上げた。隣のテーブルの脇坂と橋爪も、弾かれたように達夫に顔を向けた。

「タッちゃん声が大きいよ。みんな、びっくりしているじゃないか。それに、啓介おじさんのこと、そんなふうに言っちゃだめだって」

一夫が、小声で達夫を窘めた。

「どうしてですか？　啓介おじさんは六年前、誰かにバラバラにされて殺されたんですよね？　僕、間違ってますか？」

悪びれたふうもなく、達夫が己の顔を指差した。

「タッちゃん。間違っていなくても、言っていいこととといけないことがあるの。わかる？」

見兼ねたように若菜が、達夫に諭し聞かせた。

「言ったらいけないのは、啓介おじさんがバラバラにされたことですか？　それとも、殺されたことですか？」

達夫が疑問符だらけの瞳で若菜をみつめた。

「どっちも言ったらだめなの。いい？　啓介おじさんが亡くなったことで心を痛めている人が大勢いるでしょう？　タッちゃんだって、哀しくない？」

「哀しいです」

「でしょう？　私もよ。でもね、妙子おばさんのほうが何倍もつらく哀しい思いをしているの。だから、啓介おじさんが亡くなったことを思い出させるようなことを言っちゃだめなのよ」

「思い出させることを言っちゃだめなら、なんで、みんなで啓介おじさんのことをお話ししてるんですか？　みんな、ずっと啓介おじさんのことばかりお話ししてますよ？」

達夫の疑問に、若菜が助けを求めるような視線を一夫に向けた。

「タッちゃん。この会はね、啓介おじさんとの楽しい思い出を語る集まりなんだよ。だから同じ思い出すといっても、啓介おじさんがバラバラにされたとか殺されたとかを話すこととは……」

「お兄ちゃん」

若菜が、一夫を睨みつけた。

「あ、ああ……ごめん。とにかくいまは、その話はなしにしようね」

一夫が、慌てて取り繕った。

「親より先に死ぬなんて……」

正夫は、視線を泰平に移した。

泰平が顔を正面に向け、眼を開けた。

「馬鹿もんがーっ！」

溜めに溜め込んだ泰平の決め台詞が、会場に響き渡った。

「啓介……見ておるか……」

決め台詞を言い終わっても立ち去らず、泰平がふたたび天を仰ぎ芝居がかった口調で啓介に語りかけた。

「はい、山野さん、胸に響くお言葉、ありがとうございました！」

司会進行役の編集長が、泰平の背中を押し半ば強制的にテーブルに促した。

「やりきれんのう……」

戻ってきた泰平が、複雑な顔で席に座った。

泰平のあとは、「どんぐり出版」の啓介の同僚がスピーチをした。

「思いが先走って、うまく啓介への思いを伝えることができんかった……」

渋面でため息を吐く泰平が早苗を見た。

早苗が視線を逸らした。

「もうちょっと、軽い感じのスピーチがよかったのかもしれんな……」

唇を噛む泰平が稲を見た。

稲が視線を逸らした。

「啓介を息子同然に思ってきた気持ちが、裏目に出たかのう……」

額に掌を当てた泰平が一夫を見た。

一夫が視線を逸らした。

「みんな、どんな気持ちでわしのスピーチを聞いておったのかな……」

腕組みをした泰平が若菜を見た。

若菜が視線を逸らした。

「森野君は、天国でいまでもゲラを読んでることでしょう。彼は、三度の飯よりゲラが好きな男でしたから。僕、森野君が白米の代わりにゲラを食べてるんじゃないかと思ってましたからね」

同僚が言うと、参加者がどっと笑った。

「ああいう冗談を交えようかと思ったが、彼と違ってわしと啓介の深い関係性を考えると、茶化すような発言はできなくてな。わしには、七回忌だからと啓介で笑いを取るようなことはできん。こういう古いタイプの人間は、逆に煙たがられるもんかのう……」

寂しげな表情で泰平が妙子を見た。

妙子は視線を逸らさず、泰平を睨みつけていた。

慌てて妙子から視線を逸らした泰平が、正夫を見た。

「お義父さんのスピーチは啓介君を息子同然に思っていた気持ちが込められていて、ここにいるみなの胸に一言一句刻み込まれたことでしょう。お義父さんにしか、できないスピーチですよ。これがテレビなら、お義父さんのスピーチのときに瞬間視聴率が跳ね上がったはずです」

正夫の感想に、泰平の眼鏡の奥の目尻がみるみる下がった。

反比例するように目尻を吊り上げた妙子が正夫を睨みつけてきた。

妙子だけでなく、早苗も咎めるような眼を正夫に向けていた。

「おお、そうか！　さすがは正夫君！　わかってくれておる。どうだ？　今夜、久しぶりに一杯やらんか？」

ご満悦の顔で、泰平がおちょこを口もとで傾ける仕草をした。

「あ、はい……喜んで」

正夫は早苗と妙子の眼を気にしながらも、泰平に愛想を使った。

☆

「それでは、お食事の前に、故人の妻である森野妙子さんにスピーチをお願いします」

司会進行役の編集長に促された妙子が席を立ち、マイクに向かった。

各テーブルには、昼間から豪勢な寿司が並べられていた。

「皆様、本日はお忙しい中、故、夫啓介の七回忌のためにお集まり頂きまして、誠にありがとうございます」

言葉を切り、妙子が深く頭を下げた。

「夫が亡くなりましてから、はや六年が経ちました。この六年の間に、夫を亡くした哀しみも私の人生の大事な一ページとして心に刻むことができました。いまになって改めて夫にたいして感謝の気持ちを強くしております。本日は酒食の用意を致しております」

「わかっとる、わかっとる。さっきから、ビールがわしを呼んでおる。早く献杯をせんかのう」

泰平が、グラスに注がれたビールを見ながら独り言を呟き喉を鳴らした。

「もう、いやねぇ、お父さんったら。飲むのが目的じゃないんですからね」

早苗が、眉を顰めた。

「馬鹿もんっ。わしが飲みたいんじゃないわ。酒好きだった啓介のために言ったまでじゃ」

泰平が、禿げ上がった頭頂まで朱に染めて言った。

「はいはい。物は言いようね」

「なんじゃと……」

「あなた、こんな席でやめてくださいな。早苗も早苗ですよ。お父さんに、なんですか？　その物言いは」

稲が泰平と早苗を窘めた。

「はいはい。お母さんはいつでも正しいわよね」

早苗が、稲を皮肉った。

「本当に、あなたはいつまでも子供ねぇ」

気を悪くしたふうもなく穏やかな口調で言うと、稲が微笑んだ。だが、その瞳の奥は笑っていなかった。

「時間の許すかぎりおくつろぎ頂き、皆様と夫の思い出話に花を咲かせてひとときを過ごしたいと思います。それでは献杯といきたいところですが、私のほうから皆様に一つお話があります」

妙子が、みなの顔を見渡した。

「なんじゃ……まだ、献杯せんのか？」

ビールのグラスを手にしていた泰平が、ガックリと肩を落とした。

「ほら、啓介さんのせいにしているけど、自分が飲みたいだけじゃないのさ」

早苗がふたたび泰平に茶々を入れた。

「そうじゃない！　わしは、酒をなにより愛していた啓介と乾杯したいだけじゃ」

「あら、啓介さん、そんなにお酒を愛していたっけ？」

「早苗ぇ～もうそのへんに……」

「あなたは黙ってて。それに、乾杯じゃなくて献杯だから。いくらお酒を飲みたいからって、子供みたいな間違いをしないでよっ」

早苗が正夫を一喝し、泰平を叱責した。

「早苗の言う通りですよ。献杯と乾杯を間違えないでくださいな。早苗も、言い間違えくらいは誰にでもあるんだから、そんな鬼の首を取ったような言いかたをするもんじゃありませんよ」

あくまでも穏やかな物言いで、稲が泰平と早苗を窘めた。

「そうやってお母さんは、最終的に必ず自分が上の立場で物を言う流れに持っていくのね」

早苗が、稲を見据えて鼻を鳴らした。

稲は受け流し、涼しい顔で横を向いた。

「山野家の皆さん、私の挨拶は退屈かもしれませんが、もう少しだけお付き合いください」

妙子が、マイクを通して嫌味を言った。

「まあ、なによ？　あの言い草……」

正夫は、誰彼構わず咬《か》みつく早苗の口を左手で塞ぎ、右手の人差し指を自分の唇の前に立てた。

「雑菌が入るでしょ！」

早苗が言いながら、正夫の左手を振り払った。

「失礼いたしました。話を戻します。皆様もご存じのように、夫を殺害した犯人はいまだに捕まっておりません。いまも犯人がどこかでのうのうと暮らしているかと思うだけで、無念でなりません」

妙子が唇を噛むと、会場が悲痛な空気に包まれた。

「六年が過ぎたいま、事件をマスコミが取り上げることもなくなり、世間もすっかり忘れてしまいました。ですが、私の中では終わっていません。無残に命を絶たれた夫のことを考えただけで、六年前と同じように胸が張り裂けそうな思いです」

一際大きな声で泣く女性に、みなの視線が集まった——「どんぐり出版」の島崎梨乃だ。

「啓介さんを想う奥様の気持ちを考えると……涙が止まらなくなっちゃいますぅ」

「梨乃ちゃんは優しい子じゃな。ほらほら、泣かんでもいい」

鼻の下を伸ばした脇坂が、梨乃の背中を擦り慰めていた。

「梨乃ちゃんは、森野君を本当のお兄さんのように慕っていたんだな」

同じテーブルの橋爪も、脇坂と競うように梨乃の背中を擦った。

梨乃をみつめる泰平の鼻の下も伸びていた。

「あの下品巨乳女、わざとらしく泣いちゃったりして。アフリカの難民の子供達を見て、テレビカメラが回っているときだけ涙を流す女優みたいね」

早苗が、憎々しげに吐き捨てた。

妙子が梨乃を見る眼も厳しかった。

「私は、妻としてなにができるだろうかと考えました。ここで私が立ち上がらなければ、啓介さんが浮かばれない。どうやったら犯人の情報が集まるか……くる日もくる日も、そればかり考えていました。そこで思いついたのが、賞金です。私は、啓介さんを殺害した犯人の有力な情報提供者に一千万の賞金を出すことを決めました」

妙子の宣言に、会場がどよめいた。

「一千万じゃと！　啓介は、そんなに貯め込んでおったのか……」

泰平が、驚いた顔で言った。

「ねえ、あなた。出版社ってそんなに儲かるのかしら？」

早苗が、羨ましそうな顔を正夫に向けた。

「出版不況だから、そうでもないと思うけどなぁ……」

「でも、妙子さんは一千万の賞金を出すと言ったわ」

「いろいろと資金繰りしたんじゃないのかなぁ」

「どっちにしても、情報提供者に一千万を出せるんだから羨ましいわ」

「僕だって、もし君が殺されて犯人が何年も捕まらなかったら賞金くらい出すさ」

正夫は、胸を張った。

「私が殺されるだなんて、縁起の悪いこと言わないでちょうだい！」

早苗が気色ばみヒステリックに叫んだ。

「いや……そういう意味じゃなくて……」

「正夫君、出版社はそんなに儲かるものなのか？」

しどろもどろになる正夫に、泰平が同じように訊ねてきた。

「出版不況だから、そうでもないと思いますよ……」

「でも、啓介は脇坂先生や売れっ子作家をたくさん抱えていたから、いい給料を貰っていたんじゃないのか？」

「お父さん、やめてくださいな。こんな席でお金の話をするなんて、はしたないですよ」

稲が、泰平を窘めた。

「私は一千万の賞金のうち、五百万を用意しました」

妙子の言葉に、ふたたび会場がどよめいた。

「どういうことじゃ？　残りの五百万は、どうする気じゃ？」

泰平が、怪訝な顔で首を傾げた。

「ほんと、どういうつもりかしら？」

早苗も首を傾げた。

「やっぱり、一千万もの貯えはなかったんだよ」

正夫は、弾む声音で言った。

「残りの五百万は、皆様に協力して頂きたくお願い申し上げます」

妙子が、深々と頭を下げた。

「なんじゃと⁉」

泰平が、素頓狂な声を上げた。

「そんなこと、さっきは一言も言ってなかったのに……」

「え？　さっきはって、どういうこと？」

正夫の独り言に反応した早苗が、訝しげな顔を向けてきた。

「あ、ああ……そ、それはだね……」

正夫の顔の毛穴から一気に冷や汗が噴き出し、ワイシャツの襟まで染みを作っていった。

「正夫義兄さんと妙子おばさんは、駅前のカフェでお茶をしていたんだよ」

「カフェでお茶⁉　あなた、それ、どういうこと⁉」

一夫の告げ口に、早苗が気色ばんだ。

「山野家の皆さん……とくに早苗さん、私の挨拶は退屈かもしれませんが、もう少しだけお付き合いください」

「なんですって⁉」

「静かにせんか！　いまから、大事な賞金の分担の話をするところじゃ！」

いら立った口調で、妙子を睨む早苗を泰平が一喝した。

「おじさま、ありがとうございます。では、話を続けさせて頂きます。皆様にこういったお願いをするのは、大変心苦しくはあります。しかし、私が工面できるのは五百万が限界です」

「だったら、賞金を五百万にすればいいじゃない」

早苗が、ぶつぶつと呟いた。

「ですが、六年経っても警察さえ捕まえきれていない犯人の確たる情報を得るには、五百万では十分ではありません。本当は二千万は用意したいところでしたが、皆様にそこまでのご負担をかけるわけにはまいりません。一千万という金額は、妥協する最低ラインです。どうか、ご理解の程よろしくお願いいたします」

妙子が、深々と頭を下げた。

「さっきから頭を下げてばかりいるけど、言ってることは上からばかりじゃない。人の旦那と泥棒猫みたいにお茶してるくせに、なにを偉そうに……」

早苗が小声で毒づきながら、正夫を睨みつけた。

正夫は、恨めしげな眼で一夫を見た。

一夫が、正夫に向かって両手を広げ肩を竦めながら首を傾げ気味にした。

「もちろん、協力するよ！」

拍手をしつつ、橋爪が席を立った。同時に、同じテーブルの脇坂が、弾かれたように橋爪を見上げる。

「森野君は私にとっても家族同然だ。五百万くらい協力するのは当然のことだよ」

「ありがとうございます。そのお言葉を、天国で夫も喜んでくれていると思います」

「橋爪先生って、太っ腹で素敵ですぅ」

梨乃が豊かに膨らむ胸の前で掌を重ね合わせ、うっとりした眼で橋爪をみつめた。

「一発屋がろくに金もないくせにええ恰好《かっこう》しおって」

脇坂が吐き捨てるように言いながら右手を上げた。

「森野君は、わしの息子であり弟子でありパートナーであり友人じゃ。犯人を捕まえるためなら、わし一人で二千万でも三千万でも出すぞ」

脇坂が言うと、「どんぐり出版」のスタッフから拍手が沸き起こった。

「さすがは、平成を代表する大ベストセラー作家さんですぅ」

梨乃が潤んだ瞳を橋爪から脇坂に移した。

「いくらお金持ちだからって、そんな大金を出してもいいだなんて、脇坂先生は啓介さんのことを本当に息子のように思っていたんですね」

稲が、感心したように言った。

「馬鹿馬鹿しい。あんなじいさんの言うことを本気にしておるのか？　物書きなんて生き物は、嘘を書いて金を貰う商売だ。ようするに、詐欺師だ。乳の大きな編集者の前で恰好をつけたかったんじゃろうよ」

「まあ、お父さんったら、そんなふうな眼で見ていたんですか？」

稲が、呆れた顔で泰平に言った。

「事実ではないか⁉　なにが息子だ。だいたい、あのじいさんと啓介は仕事上の関係だけだろう？　啓介を息子と言って許されるのは……」

「私が言ったのは、あの女性編集者のことですよ」

稲が、穏やかな口調で言った。だが、相変わらず、稲の瞳の奥は笑っていなかった。

「過分なお言葉、ありがとうございます。夫は生前、脇坂先生のような偉大な作家さんに出会え、その上、経験の浅い弱輩の身でありながら担当編集者にまでなれたことに感謝していました。脇坂先生と橋爪先生のお気持ちだけ頂いておきます」

「どういうことじゃ？」

脇坂が、妙子に怪訝そうに訊ねた。

「賞金の残りの五百万は、家族だけで負担しようと思っております」

「なんだ。コロコロ話を変えおって。場合によってはわしが五百万を負担してやろうと思っておったのにな」

泰平が上機嫌に言った。

「お父さん、凄いわ。有言実行の人なのね」

若菜が言うと、泰平が茹でダコさながらに顔を赤らめた。

「当然のことだ。いつも言っておるように、啓介はわしの息子じゃからな。息子を無残に殺した犯人がのうのうと暮らしているというのに、手をこまねいてはいられんだろう。じゃが、妙子が家族で全額負担しようと決めたのなら、わしも彼女の気持ちを尊重してやらねばならん。わしにとって、五百万はたいした金額じゃない。だがな、金で解決したとしても妙子の心の問題までは解決できない。妙子は、誰の力も借りずに家族の力だけで啓介殺しの犯人を捕まえようとしているんじゃよ」

「おじさまにご理解頂けて、光栄です」

妙子が、泰平に向き直った。

「いやいや、なんのこれしき。わしは、当然のことを言ったまでだ。いいか？　一夫、若菜。世の中には、金の力でも解決できんことがあるということを覚えておくんじゃぞ」

二人に諭し聞かせるように泰平が言った。

「そんな恰好つけちゃって。本当は、お金の負担をしなくてよくなって、ホッとしているんじゃないの？」

早苗が、疑心の宿る眼で泰平の顔を覗き込む。

「ば、馬鹿もん！　わしは、そんなに器の小さな男ではないわ！」

こめかみに漫画のような十字型の血管を浮かせた泰平が、早苗に怒声を浴びせた。

「そうだよ～君ぃ。お義父さんに、謝ったほうがいいよ」

正夫は、遠慮がちに早苗を促した。

「嫌よ。私は思ったことを言ったまで。これでも、お父さんの性格は正夫さんより知ってるんだから」

早苗は謝るどころか、泰平の怒りの炎に油を注ぐような言葉を口にした。

「早苗さん、おじさまのことをそんなふうに言うのはやめてください」

妙子がマイク越しに言った。

「さすがは妙子じゃ！　実の娘よりわしの親心を理解しておる」

泰平が、喜色満面の表情で頷いた。

「おじさまは、夫の父として五百万の賞金を出してくださるんですから」

「なっ……なんじゃと⁉」

妙子の発言に、泰平が裏返った声を上げた。

「おじさまが、賞金の一千万を私と五百万ずつ出し合ってくださるとおっしゃったんです。本当に、ありがとうございます」

妙子が微笑みながら礼を述べた。

「ど、どうしてわしが五百万を払わねばならんのだ？　いや、五百万くらい安いものだし、払うこと自体は全然構わんが、さっき、家族以外の人間の力は借りずに賞金を払うと言っておっただろう？」

泰平の障害物のない頭頂から、滝のような汗が流れ落ちていた。

「はい、言いましたよ。だから、私とおじさまだけです。だって、おじさま、いつも言ってくださってるじゃないですか？　啓介はわしの息子だ、啓介も妙子も山野家の一員だ……って。もしかして、私の勘違いでしたか？」

妙子が、不安げに訊ねた。

「いや……たしかに、それは言ったが……だが、息子と言うのはじゃな、その、息子のように、息子同然にという意味で……」

「山野さん、なにをごちゃごちゃ言っておるんじゃ？　面倒なことはよくわからんが、ようするに、森野君は実の息子じゃないから五百万を払う気はないと言っておるのかね？」

泰平を遮り、脇坂がもどかしげに訊ねた。

「誰も、そんなことは言ってませんよ。わしはただ、啓介を息子と言っていたのは血をわけた息子のように大事に思っていたんであって、本当に血の繋がった息子ではないという事実を言っているだけで……」

「だから、ようするにどっちなんじゃね⁉　森野君を息子のようにかわいがっていたが血の繋がりがないから五百万を払う筋合いはないと言っておるのか⁉　血の繋がりはないが息子同然にかわいがってきたから五百万を払う気があるのか⁉」

立て続けに泰平を遮った脇坂が、選択を迫った。

橋爪、梨乃、「どんぐり出版」の社員……参加者達の冷たい視線が、泰平に注がれた。

「いくら目上でも、その言い草は失礼じゃないですか⁉　わしは、五百万を渋ってるんではなく、本当の血縁ではないわしが金を払うことによって、妙子の志を曲げてしまうんじゃないかと心配しているだけですよ！」

「なんだ。そんなこと。妙子さん、お父さんは啓介さんの実の父親じゃないけど、五百万を払っても受け取って貰えるかしら？」

早苗が口を挟み、妙子に訊ねた。

「早苗っ、お前はどっちの味方じゃ！」

泰平が、早苗を指差し口角泡《こうかくあわ》を飛ばした。

「あら、おかしなこと言わないでよ。息子同然の啓介さんのために五百万を払ってあげたいと思っていたお父さんの願いが実現するように口添えしているのが、どうして敵になるの？」

早苗が、涼しい顔で言った。

「そっ……それはだな……」

泰平が絶句した。

「早苗さん、ありがとうございます。でも、大丈夫です。おじさまは、最初から払ってくださるおつもりですから。だって、啓介さんも私も山野ファミリーの一員ですもの。ただ、私の言いかたがややこしくて……すみませんでした」

妙子が、泰平に頭を下げた。

「え……ああ……」

泰平の剝き出しの頭皮は、油を浴びたように噴出する冷や汗でてかてかに光っていた。

「勘違いしないで。妙子さんを助けたわけじゃないわ。あなたには、日を改めて話があるから。それで、どうするの？　啓介さんの事件があってからテレビや雑誌のインタビューで親代わりみたいなことを散々言ってきたから、お父さんが賞金の半分を出してもみな納得するわよ」

早苗が妙子に冷たく言い残し、泰平に詰め寄った。

「ま、まあ、その、なんじゃな。こ、こういうことは、みなの前で、あ、慌ただしく決めることではないし、第一、こ、こんなバタバタした流れで適当に決めるのは、け、啓介に申し訳ない」

泰平は嚙みまくりながら、即決できない理由を並べた。

「どうして決めることじゃないの？　啓介おじさんを殺した犯人を捕まえる協力をするかしないか、簡単な話だよ」

一夫が、冷静な口調で言った。妙子、早苗、一夫の泰平にたいしての棘《とげ》を含んだ言葉に、正夫の鼓動が早鐘《はやがね》を打った。

「せっかくのお寿司が悪くなりますから、その話は後日ということで、とりあえず頂きましょう」

稲がやんわりと話を中断させた。

「そうですね！　では皆様、森野君との思い出話に花を咲かせながらゆっくり頂きましょう！」

司会進行役の「どんぐり出版」の編集長が、稲に追従した。

「早苗、どうしてあんなことを言ったの？」

献杯が終わり、あちらこちらで歓談がはじまる中、稲が持参してきたタッパーに寿司を詰めながら早苗に言った。

「お祖母《ばあ》ちゃん、それは泥棒ですよ～」

「タッちゃん、これは泥棒じゃなくてテイクアウトっていうのよ」

稲が、にこやかな顔を達夫に向けた――瞳の奥は、笑っていなかった。

「あんなことって？」

早苗が一番値の張りそうなウニや大トロを立て続けに口に放り込みながら訊ね返した。

「ママ～、どうしてそればっかり食べるんですかぁ？」

「タッちゃんも大人になればわかるわよ」

早苗が、達夫に微笑みかけた。

「お父さんが五百万を払わなければならない空気にしたでしょう？」

稲が、二つ目のタッパーを取り出し寿司を詰めながら早苗に言った。

「お祖母ちゃん、それは泥棒ですよ～」

「タッちゃん、これは泥棒じゃなくてテイクアウトだって教えたでしょう?」

稲が、にこやかな顔を達夫に向けた——やはり、瞳の奥は笑っていなかった。

「だって、あれだけ啓介さんの名前を出してテレビや雑誌の仕事を取っていたんだから、ここで五百万を払うのを渋るとまずいでしょう?」

早苗がウニと大トロを交互に口に放り込みながら、皮肉交じりに言葉を返した。

「ママ〜、そればっかり食べるとなくなりますよぉ」

「タッちゃん、大丈夫よ。まだまだ、いっぱいあるんだから」

早苗が、達夫に片目を瞑《つぶ》って見せた。

「誰が払い渋った⁉　人聞きの悪いことを言うんじゃない！　わしは何度も言っておるように、妙子が森野家だけで賞金を出したいのではないかと気遣って、ああいうふうに言ったんだ。それを、あたかもわしが五百万をケチるような印象になるように言いおって……」

泰平が怒りに震える声で言うと、ビールのグラスを傾けつつ別のテーブルの脇坂を睨みつけた。

「でも、妙子おばさんが、父さんが山野家の一員だと認めてくれたから、賞金を半分出すことをお願いしたって言ってたじゃないか？　どうして、わからないふりをするの？」

一夫が泰平に冷え冷えとした瞳を向けた。

「だ、誰が、わからないふりを……」

「なんてことを言うんですか！　一夫、お父さんに謝りなさい。お父さんは、そんな度量の狭い人間じゃありません」

血相を変える泰平を遮り、稲が一夫を叱責した。

「お断りだね。父さんの度量の大きさは知らないけど、僕は間違ったことは言ってないから」

一夫が、稲に真っ向から反論した。

「か、一夫君、お義父さんは山野家の大黒柱だから、家族の生活のことも考えなきゃならないんだよ。五百万と言えば大金だし……」

「正夫君、ちょっと待たんか！　君は、たかだか五百万を払う程度でわしが追い込まれるみたいではないか！　それじゃまるで、山野家の生活が困窮しとるみたいではないか⁉」

泰平の怒りの火の粉が、早苗、一夫を経由して正夫に飛び火した。

「い、いえ……違います……そういうつもりではなくて……」

「正夫さん、無視していいのよ。お父さんは、一番弱いあなたに八つ当たりしてるだけだから」

早苗が腰を浮かし、別の寿司桶から摘まんだウニと大トロを頬張りつつ皮肉を言うと、泰平の丸縁眼鏡の奥の目尻が吊り上がった。

「ママ〜、それは、別の人のお寿司ですよぉ」

「タッちゃん、このテーブルのお寿司は山野家の人のものなのよ」

寿司を喉に詰めたのか、早苗が拳で胸を叩きつつ言った。

「お前らさっきから、家長のわしのことを馬鹿にしておる……」

「早苗っ、あなたがそんなふうだから、一夫がお父さんに反抗的な態度を取るんでしょう⁉」

稲が早苗を一喝しつつ、ウーロン茶やミネラルウォーターのペットボトルを持参してきたエコバッグに入れ始めた。

「お祖母ちゃん、それは絶対に泥棒ですぅ〜」

「タッちゃん、このテーブルにあるのは山野家の人のものだって、ママが言ったでしょう？　だから、家に持って帰っても泥棒じゃないのよ」

稲の顔からは、笑顔が消えていた。

「僕、帰るよ」

不意に、一夫が席を立った。

「だめよ、あんた、なに勝手なことをしてるのよっ」

早苗が、一夫を睨《ね》めつけた。

「馬鹿もーん！　啓介の七回忌を途中で抜け出す奴がおるかー！」

泰平が、今日最大の雷を落とした。

「そうよ、一夫、お父さんの言う通りよ。席に着きなさい」

稲が能面のような顔で言った。

「どうしたの？　一夫君。具合でも悪くなったのかい？　それとも、なにか嫌なことでもあったのかい？」

正夫が、恐る恐る一夫の真意を探った。

「自分が目立つことばかりで責任は取ろうとしない父さんや、父さんを庇うことで自分の立場を守る母さん、みんなの文句ばかり言ってる姉さんや気ばかり遣って誰にもなにも言えない義兄さんには、もう、うんざりなんだよ」

一夫は冷めた口調で言うと、テーブルを離れた。

「待って！　お兄ちゃんを連れ戻してくるね」

若菜がみなに断り、一夫のあとを追った。

「なんだか、すみません。私のせいで、おかしな空気になってしまいまして」

テーブルに戻ってきた妙子が、まったく感情の籠っていない声音で詫びた。

「あなた、山野家の関係を壊そうとしてる？」

早苗が、妙子を睨みつけた。

「そうじゃ、妙子、お前、山野家を離散させようとしておるのか⁉」

泰平が、妙子を睨みつけた。

「妙子おばさん、僕達のことが嫌いなんですかぁ？」

達夫が、泣き出しそうな顔で妙子を見た。

「関係を壊す？　離散させようとしている？　そんな気はありませんよ。だって、最初から壊れている家庭にそんなことする意味がないでしょう？　ねえ、正夫さん」

妙子が嘲るように言うと、正夫に水を向けた。

「えっ……いや……僕は……」

「正夫さん、しっかりしてくださいな。そんな弱気で優柔不断なことでは、悪魔に魂を奪われてしまいますよ」

正夫にたいしての穏やかな表情とは対照的に、稲が妙子に向けた顔は般若の如し、険しい形相だった。

［短期集中連載　第一回］

遺書

脇坂宗五郎

柱時計の針が時を刻む音が、私の心音のテンポを速めた。

マホガニー製の書斎机の前で、私は眼を閉じ正座していた。

私はかれこれ三十分、銅像のように微動だにしていなかった。

「エリーゼのために」のメロディコールが流れてきた。

私は右目だけ開け、いまや天然記念物となった二つ折りの携帯電話のディスプレイに視線をやった。

連載をしている「光栄社」の担当編集者の名前が表示されていた。

私は右目を閉じた。

十回目の途中で、メロディコールが途絶えた。

ほどなくして、またメロディコールが鳴った。

私は、右目を開けディスプレイに視線をやった。

今度は、連載している「小説娯楽」の担当編集者の名前が表示されていた。

私は右目を閉じた。

その後も立て続けに、「宝文社」、「購読社」、「幻夏舎」の担当編集者から電話が入った。

月末は、私が連載している八本の小説誌の締め切りが重なるので、各出版社の担当編集者からの催促電話が相次ぐのだった。

私は、すべての電話を無視した。

プロの小説家である以上、締め切りを守るのは当然のことだ。だが、まもなく現れるだろう彼のことを考えると連載小説どころではなかった。

約一年前に上梓した『夏と冬の間で』がベストセラーになってからは、日本の大手出版社のほとんどが競うように私のもとを訪れた。

デビューして十三年間、鳴かず飛ばずの初版止まりの作家だった頃を考えると夢のようだった。それまでは私にたいして素っ気ない対応だった各出版社の担当編集者達は、掌を返したように態度を変えた。

橋本さん、だった呼びかたが橋本先生になり、十三年間打ち合わせはいつもカフェだったのが高級レストランや寿司屋になった。

取材費など一円も出たことがなかったのに、ベストセラー作家となってからは単なる息抜きのために旅行するときにも、交通費と宿泊費を経費で落としてくれるようになった。

長年に亘って冷遇されていた私は、すっかり舞い上がってしまった。

いわゆる、天狗になる、というやつだ。

最初の頃こそ高級焼き肉店に連れて行って貰ったり、数万円もするワインのボトルを入れて貰ったりすることに恐縮していた。だが、そんな厚遇が続くうちに私の心から感謝の意は消え失せ、当然の扱いだと思うようになった。挙句の果てには、一万円のコース料理程度では不満を感じるようになり、二万円、三万円のコースを要求するようになった。

コース料理など、まだかわいいものだった。

取材旅行と称してパリにビジネスクラスで飛び、五つ星ホテルに宿泊し、一週間で百万円以上の金を出版社に使わせた。

それなのに、肝心のパリの描写は十行にも満たなかった。

はっきり言って、ガイドブックを読んだだけでも描けるような文章だった。

そんな私に編集者達も眉を顰めていたが、飛ぶ鳥を落とす勢いのベストセラー作家に面と向かって非難する気骨《きこつ》ある者はいなかった。

だが、王様のような振る舞いをしていた私にも、唯一、頭が上がらない編集者がいた。

『夏と冬の間で』の担当編集者である「くるみ出版」の若き編集者、森山啓二だ。

私が「くるみ出版」以外の出版社で書き始めたのは、ベストセラー作家となって二作目の『太陽に嫉妬する月』以降だ。

『夏と冬の間で』がベストセラーになってからの私は、森山から逃れたいという思いと、彼がいなければ売れる作品を刊行できないのではないかという不安に思い悩んでいた。

——先生、話は全然変わりますけど、僕、今度車を買い替えたいと思っているのですが、五百万もするのでしがない編集者の給料では手が出ないんですよねぇ。

遠回しに金を無心する森山の声が、脳裏に蘇った。

これまでに森山には、既に一千万近くの金を渡していた。

家族旅行をしたい、妻にブランドバッグをせがまれている、ゴルフ用品を一新したい、お気に入りのキャバクラ嬢のバースデーイベントにシャンパンタワーをしてあげたい……どれもこれも、私的且つくだらない理由ばかりだった。

自分の金でやるならば、たとえ彼がどんなにくだらない使い道で浪費しても文句を言うつもりはない。だが、少なくとも、私が金を支払う筋合いはどこにもないのだ。

それでも、私が彼の道楽に身銭を切り続けなければならない理由がある。

私は、壁掛け時計に眼をやった。

午後九時二分。森山は、あと一時間ほどで現れるはずだ。

私は、視線を書斎机の上に移した。

机上には、遺書の入った封筒、包丁、銀行の帯封が巻かれた百万円が五束置かれていた。

私は、遺書をみつめた。

しっくりこない。

私は、包丁をみつめた。

しっくりこない。

私は、札束をみつめた。

しっくりこない。

私は、遺書に視線を戻した。

なにかが違う。

私は、包丁に視線を移した。

なにかが違う。

私は、札束に視線を移した。

なにかが違う。

無理もなかった。どれを選択しても、私が森山のために犠牲になることに変わりはないのだから。だが、地獄を終わらせるには、どれか一つを選択するしかなかった。

私は、ふたたび、瞑想するかのように眼を閉じ封印していた記憶の扉を開けた。

＊

「先生っ、読みましたよ！　いや〜、実に面白かったです！」

森山は、玄関のドアを開けるなり特徴的な丸顔を紅潮させて興奮気味に言った。

「それは、本当かい⁉」

私は、大声で訊ね返した。

「ええ、本当ですとも！　これまでにいろんな作家さんの作品を読みましたが、こんなに原稿を捲《めく》る手が止まらず、トイレに立つことも惜しくなるほどに夢中になったのは初めてですよ！」

「え⁉　若くして数々のベストセラー作品を担当してきた森山君が、私みたいな無名な作家の小説をそんなに評価してくれているのか⁉」

私は無意識のうちに、裸足のまま沓脱《くつぬ》ぎ場に下りていた。

「なにをおっしゃいますか！　たしかに先生は無名ですが、それは編集者の見る目がなかっただけの話です。どんな名馬も、下手な騎手が下手な騎乗をしたら満足な成績を残せないでしょう？　自信を持ってください。僕は編集者として若輩ながら、誰よりも読み手だという自負があります。そんな僕が、先生の小説は最高に面白いと太鼓判を押しているんですから！」

「森山君！」

私は、思わず森山の手を両手で握り締めた。

感動に胸が打ち震え、全身に鳥肌が立った。

これまでの人生で、作品をこんなに評価して貰ったことはなかった。ストーリーにオリジナリティがない、表現が陳腐、登場するキャラクターがステレオタイプで魅力がない、発想が古い、展開がすぐに読めてしまう、会話が不自然……評価を得るどころか、編集者達の口から出てくるのはダメ出しのオンパレードだった。

酷評するのは、編集者ばかりではない。

永久初版作家、一発屋にもなれない作家、読む価値もない糞文章、文壇界の恥、自己陶酔作家、まぐれ当たり作家。

　ＳＮＳ上での読者の橋本健三郎という作家にたいして抱いている感想は、辛辣なものばかりだった。

　作家をやめようと思ったことは、一度や二度ではない。それでも十三年間、編集者に馬鹿にされ読者から罵倒されながらも文壇界にしがみついてきたのは、心のどこかで奇跡を信じていたからだった。

　そしていま、私に奇跡が起こった。

「ありがとう……本当に、ありがとう……」

　私は森山の手を握る両手に力を込め、涙声で繰り返した。

「なにを言ってるんですか！　お礼を言うのは、僕のほうですよ！　だって、こんなに素敵な物語を生み出す作家さんとお仕事ができるんですよ？」

「いやいや、とんでもない……さあ、むさ苦しいところだけど、とりあえず中に入って」

　私は、森山を部屋に招き入れた。

　当時の私は、作家としてはほぼ無収入に近く、コンビニエンスストアや缶詰工場でのアルバイトを掛け持つ生活だったので、家賃四万円のアパート暮らしだった。

「昭和の趣《おもむき》があって、風流なご自宅ですね」

　森山は板張りの短い廊下を歩きながら、六畳の和室に足を踏み入れた。

「ただ、老朽化した安普請《やすぶしん》なアパートなだけだよ。さあ、お茶でも出すから座ってて」

　私は、ワンドアタイプの冷蔵庫から麦茶の入ったプラスチック容器を取り出した。

コンビニエンスストアでペットボトルを買ったほうが手間がかからないが、ティーバッグで水出ししたほうが遥かに安上がりだった。稼ぎの少ない私は、たかが麦茶でも節約しなければならない経済状態だった。

「こんなものしかないけど」

私は百円ショップで購入したグラスに注いだ麦茶とともに、同じく百円ショップで購入した皿に載せた豆大福を出した。

甘党の私にとって、週に一度スーパーで買った九十円の豆大福を食べるのがなによりの贅沢だった。私の小説を高く評価し世に出してくれる森山のためなら、週に一度の贅沢くらい喜んで犠牲にできる。

「あ、お構いなく。先生は、ここで執筆しているんですか?」

森山が、卓《ちゃぶ》袱台《だい》に視線を落とし訊ねてきた。

「そうだよ。惨めだろう?」

私は、自嘲気味に言った。

同じ小説家でも、「春川賞」を受賞した脇下真次郎の自宅をテレビ番組で観たときは驚きだった。

広々とした座敷に一枚板で作った高価そうな書斎机があり、壁を埋め尽くす大きな書棚には、古典から近代文学の書物まで図書館さながらにぎっしりと並んでいた。インタビュー中にお茶を運んできた二十代と思しき秘書は、私が一生かかっても出会えないような女優顔負けの美貌を持つ女性だった。

「全然、そんなことないですよ！　僕はむしろ、戦前の文豪の書斎のような趣が感じられて好きですけどね。遠慮なく、いただきます」

森山は言うと、麦茶のグラスに口をつけた。

「たしか君は、脇下先生の担当だったんじゃないのかな？」

私は、思い出したように言った。

編集者になって僅か三年足らずでベストセラー作家にして「春川賞」を受賞している大御所作家の担当に指名されるということは、森山がそれだけ優秀で将来を嘱望されているという証だった。

そんな森山が私の作品に惚れ込み担当になってくれるというのだから、千載一遇のチャンスだった。

「はい、そうです。出版するたびにベストセラーを生み出す大先生なのに、気取りがなくて素晴らしい方です。私みたいな新人にも腰低く接してくださり、なんと言いますか、初めて脇下先生にお会いしたときの印象は、天が二物も三物も与える人が存在するんだなって衝撃でした」

森山にとっての脇下が尊敬してやまない存在だろうことは、彼の語り口でわかった。

文壇界の至宝、唯一無二の天才文筆家、不世出の文豪……脇下は日本を代表する作家といっても過言ではなかった。

作家としての格は、脇下がフェラーリなら私は国産の中古の軽自動車、脇下がクルーザーなら私は筏《いかだ》、脇下がハーレーダビッドソンなら私は原付バイク……二人の開きは、それくらいあった。私が張り合える相手ではないことくらいわかっていたが、それでも森山が脇下を褒めると胸を掻き毟《むし》られるような嫉妬心を覚えた。

「同業者の私から見ても、脇下先生は憧れだよ。どうしたら、あの人のような作品を書けるかな?」

私は麦茶で喉を潤し、森山の口が開くのを待った。

先生なら、すぐに書けますよ。

心のどこかで、森山がそう言ってくれることを期待していた。

「正直、脇下先生の域に達するのは容易ではありません。脇下先生は、いずれノーベル文学賞を獲れると言われている文学界の宝です」

淡い期待を打ち砕かれ、私はため息を吐いた。

「ですが、橋本先生も日本を代表するベストセラー作家になれる可能性は十分に秘めていますよ!」

「本当かい⁉」

萎《な》えかけていた私の心が、活気を取り戻した。

「ええ、本当ですとも。印税で一千万円以上稼げるようになるのも、夢ではありません」

「一千万⁉」

私は、麦茶を噴き出しそうになった。

「場合によっては、それ以上も望めます」

「そんな夢みたいな話、本当に信じてもいいのかい?」

私の口内は唾液が干上がりからからに乾き、鼓動が高鳴った。

「もちろんです。ただし、それには二つの条件があります」

「条件?」

私は、訝しげな顔で繰り返した。

「はい。その条件を守ってくれると約束して頂かなければ、先生をベストセラー作家にすることはできません」

森山が、それまでと一転した真顔で私をみつめた。

「二つの条件っていうのは、なにかな?」

私は、新しく注いだ麦茶を一息に飲み干し昂《たかぶ》る気を静めた。

「まず第一に、僕を信用してください」

「なんだ、そんなことか。お安い御用だよ」

私の作品を高く評価し出版してくれる森山を信用するのは、当然のことだった。

「ありがとうございます。第二に、僕のアドバイスには絶対に従ってください」

「もちろんだとも。信用している編集者のアドバイスに耳を傾けるのは……」

「耳を傾けるのではなく、従ってください」

私の言葉を、鋭く森山が遮った。それまでの柔らかな口調とは一転した厳しい口調だった。

「無理そうならば、いまのうちに言ってください。強要はしたくありません。先生が類まれなる才能の持ち主というのはたしかですが、ベストセラー作品として世に送り出すためには編集者のサポートが必要不可欠です。ご理解、頂けそうですか?」

森山が、一点の曇りもない瞳で私をみつめた。

「もちろん！　私の作品を高く評価してくれている君の言うことなら、なんでも従うよ」

私は、躊躇わずに言った。

嘘でも話を合わせたわけでもなかった。森山と出会わなければ、この先もずっと日の目を見ない万年初版作家のままだ。私の世界観を嘲り侮る編集者達と違い、森山には橋本作品にたいしての情熱とリスペクトがある。ベストセラー作家になるためならば、編集者のアドバイスに従うくらい屁でもない。

「ありがとうございます！　僕が編集者生命を賭けて、橋本先生の素晴らしさを世の中の人達に広めますから、宜しくお願いします！」

森山がテーブルに両手をつき、頭を下げた。

「おいおい、頭を上げてくれ。お願いするのは、私のほうだよ。それより、ゲラを持ってきたんじゃないのかな？」

「あ、そうでした！」

森山が書類カバンから取り出したゲラの束を、テーブルに置いた。

「まずは、ご確認ください。チェックしたところに、付箋が貼ってありますから」

森山が言いながら、ゲラを私の前に滑らせた。

「ずいぶん、付箋が多いね」

赤、ピンク、青、白の付箋がほぼすべての原稿用紙に貼られていた。

「え……」

タイトルの書かれたゲラを捲った私は、息を呑んだ。第一章の冒頭からほとんどの文章に赤のボールペンで縦線が引かれており、行間にびっしりと赤文字でなにかが書かれていた。

赤ペンで消されていた文章を、私は読み返した。

〈激しくなる蟬の鳴き声が、残り少ない寿命に抗っているかのように聞こえた。

蟬の鳴き声が大きく力強くなるほどに、せつなさが胸に広がった。

しかしそう思うのは、人間のエゴなのかもしれなかった。

一週間という刹那の命は、蟬にとっては幸せなことなのかもしれない。

黒田には、すぐに燃え尽きる蟬の命が羨ましかった。

黒田は来月、三十回目の誕生日を迎える。

人生八十年だとして、自分はあと五十年も生きなければならない。

寝室で菜緒がほかの男性と情事を交わしていたのを目撃してからの黒田は、生ける屍だった。

それでも空腹を感じ、喉の渇きを覚える自分の身体が恨めしかった。

死にたいと思いながら、生きるために食事をして、生きるために水分を摂る自分が滑稽でならなかった。〉

私は、感動の余韻に浸るように眼を閉じた。蟬の刹那の生命を通して、黒田の絶望が伝わってくる筆力は我ながら秀逸だった。

橋本健三郎の秘められた才能に気づいた森山は、読み巧者《こうしゃ》の編集者だった。

十三年間、鳴かず飛ばずの作家人生を送っているうちに、自分には文才がないのではないかと自信を失っていた。しかし、森山と出会った私はふたたび自信を取り戻すことができた。

ならば、なぜ、私の文章は消されたのか？

私は、行間に赤文字で書かれている文章を読んだ。


〈蒸し風呂のような熱気の籠ったクロゼットで、黒田は息を殺した。

十分前まではきれいに七三に分けていた髪は、噴き出る汗に雨に打たれたように濡れていた。

スーツの下でワイシャツが、汗で不快に身体に張りついていた。

黒田は、声が漏れないように両手で唇を押さえながらクロゼットの隙間に右目を当てた。

細い隙間の先――菜緒と見知らぬ男がベッドの上で全裸で絡み合っていた。

窓の外から忍び込むヒステリックな蟬の鳴き声と、男が菜緒の秘部を口で愛撫する湿った音が交錯した。

まさか、こんな光景を眼にするとは思わなかった。

風邪で体調を崩し会社を早退した黒田は、いつもより二時間早く帰宅した。

黒田がスーツのままベッドに仰向けになってすぐに、菜緒が戻ってきた気配があった。

ほどなくすると、話し声が聞こえてきた。

一人は菜緒の声で、一人は聞き慣れない男の声だった。

黒田は考えるより先に、無意識にクロゼットに身を隠したのだった。

目の前で繰り広げられている光景が、現実とは思えなかった。

これは、悪夢に違いない。

菜緒が浮気をするはずはない。しかも、自分の留守の間に男を寝室に連れ込むなどありえなかった。

だが、男に秘部を舐められた菜緒の恍惚とした喘ぎ顔も、甘ったるいよがり声も、夢でも幻でもなく現実だった。〉

「森山君、この赤文字の文章はなんなのかな？　それに、どうして、私の文章を消しているのかな？」

私はゲラから森山に顔を向け、懸命に口角を吊り上げた。

「ああ、そのことですね。先生の文章は本当に素晴らしいです！　ほんの少しだけ、付け足しただけです」

森山が、悪びれたふうもなく人懐っこい笑顔で言った。

「少し付け足しただけには、思えないがね。私の書いた文章と、かなり変わっているような気がするが……」

私は、遠回しに不満を訴えた。本当はガツンと言ってやりたかったが、森山の気を損ねるのが怖かった。なにより、器の小さな男だと思われたくなかった。

「え？　そうですか？　たとえば、どのへんでしょう？」

森山が驚きに眼を見開き、ゲラを覗き込んできた。

これだけ文章を変えておきながら、自覚がないはずがない。

「まず、君の赤字は冒頭から黒田がクロゼットで息を潜めているが、私はそんなふうな設定にしていない。赤字では菜緒との情事を黒田が覗き見している描写があるが、私は直接的に表現していない。妻の浮気現場を目撃した苦悩を描写するのが目的であって、赤字のように生々しく描写したら世界観がまったく変わってしまう。おっとっと……って感じだよ」

私は込み上げる怒りを噛み殺し、少しも気にしていないとでもいうような穏やかな口調で言うと、最後は昭和風のギャグで冗談めかしてみせた。

「ああ、そういうことですね。すみません、私の説明不足でした。たしかに、文章は変わっているように見えますが、先生の作品の世界観はきちんと踏襲《とうしゅう》しています。『夏と冬の間で』は、先生もおっしゃるように妻の不貞に苦悩する夫が復讐と赦《ゆる》しの狭間で葛藤し、少しずつ精神を蝕《むしば》まれ、家庭と仕事……最終的には人間性も崩壊するという物語です。その根底にあるのは、被害者から加害者に変わったときにどこまでの罪ならば許されるのか？　冒頭から黒田が妻の浮気現場を覗き見するシーンを描写したのも、不倫相手の男性とのセックス描写を執拗にしたのも、彼が読者の共感を得るためです。物語の中盤から後半にかけて、黒田の過激な復讐シーンが描かれています。裏切った妻と不倫相手の男を地獄に叩き落とすべく、あの手この手を使いこれでもかというくらいに追い詰めます。黒田が受けた屈辱と心の傷を読者が忘れないように……読者の心が黒田から離れないようにするためにも、冒頭で同情を集めるシーンをしっかり描写しておく必要があると考えたんです。日本人は恨《ハン》の文化の韓国人と違って、復讐というものに拒絶反応を起こしやすい民族なので、黒田が妻にどれだけひどいことをされたかを読者の心に刻み込む目的でした。ですが、僕は特別なことはなにもやっていません。先生が妻に裏切られた夫の失意を丁寧に書いてくださっているところに、トッピングしただけです。先生の文章は頭に映像が浮かびやすいので、僕の作業はとても楽でした。赤字の文章は、もともとは先生の世界観の欠けらを広げたもの……つまり、文体が変わっているように見えても橋本先生が生み出した物語なのです。逆を言えば、先生の物語を読まなければ僕には一行の文章もご提案することはできません」

森山が、澄んだ瞳で私をみつめた。

彼の話術に引き込まれ、渋々ながら納得させられている自分がいた。

「私の世界観の欠けらを広げたもの……君、うまい表現するねぇ。それだけの語彙《ごい》があれば、私なんかより売れる作家になれるんじゃないのか？　編集者なんてやめて、文学新人賞にでも応募してみればどうだい？」

私は、精一杯の作り笑顔で余裕ぶった軽口を叩いた。

本当は、冗談を言えるような心境ではなかった。正直、森山の書いた文章のほうがグイグイと引き込まれた。文章のテンポもよく、物語に勢いがあった。

しかし、死んでもそれだけは口にできない。

それでなくても、森山の文才を認めるような軽口を叩いてしまったのだ。謙遜はしているが、心の中では案外、自信を持ったかもしれなかった。

ここは、重箱の隅を突っついてでも森山の文章の粗《あら》を探し出し、プロの作家としての威厳を見せつけるべきだ。

だが、ムキになって対抗している口調にならないように気をつけなければならない。

「やだなぁ、僕が文学新人賞に応募するなんて、とんでもないですよ。さっきも言ったじゃないですか？　橋本先生が生み出した魅力的な世界観があるからこそ、僕のアレンジが活きてくるんです」

私は雷に打たれたような衝撃を受けた。

僕のアレンジだと⁉　アレンジが活きてくるだと⁉

さっきまでは私の世界観の欠けらを広げただけとか殊勝なことを言っていたくせに、舌の根も乾かないうちに自己主張の意思が森山の言葉から滲み出ていた。

「ただ、惜しいことに言葉のチョイスがもうちょっと工夫されていたならいいのに……と思う箇所がいくつかあるけどね。たとえば……男が菜緒の秘部を口で愛撫する湿った音が交錯した、とあるけど、女性器を秘部とするのは陳腐だから、たとえば、蜜壺、とかね。男が菜緒の蜜壺を口で愛撫する湿った音が交錯した。ほら、秘部を蜜壺とするだけで、文章に艶っぽさと奥行きが出てくるだろう？」

私は、さりげなく森山にダメ出しした。

「なるほど！　さすが、プロの作家さんは一味も二味も違いますね！　陰部を秘部とするのが精一杯で、蜜壺なんて表現はどれだけ考え続けても浮かんできません。お見それいたしました！　その表現、頂きます！」

嬉々とした表情で言いながら、森山が原稿に赤ペンを走らせた。

その表現、頂きます？　もともと私の作品なのだから、頂きますもなにもないだろう⁉　私の作品に私の生み出した比喩を使うだけの話だ。

心の声を無視し、私はゲラを捲った。

毎ページのように付箋が貼ってあり、私の文章が何行も赤線で消され、森山の赤文字が書き連ねてあった。

いちいち腹を立てていたら、胃に穴が開いてしまう。

ページを捲る手が止まった。

なんだ、これは……。

原稿用紙を摘まむ指先が震えた。

ゲラの一ページのほぼすべての文章に、赤線が引かれていた。

五行や十行が消されているのはあったが、このページに至っては私のオリジナルの文章は全削除に等しい。

喉元まで込み上げた怒声を飲み下し、とりあえずは訂正前の文章と森山が書き加えた赤文字の文章を読み比べてみることにした。

まずは、無情にも赤線が引かれている私の文章を眼で追った。

〈黒田には、隣りに座っているはずの菜緒が遠くに感じられた。

テレビで流れるドラマを観る妻の横顔は、見慣れているはずなのに知らない女性のようだった。

菜緒の浮気現場を目撃して以来、なにをやっているときも、なにを考えているときも、男性の影が黒田の脳裏から離れなかった。

ほかの男性の指先が、妻に触れたと考えるだけで黒田の胸には雷雨前の雲のようにどす黒い感情が広がった。

ほかの男性の唇が、妻の唇に重ねられたと考えるだけで黒田の血液は沸騰した熱湯のように滾《たぎ》った。

ほかの男性の異物が、妻の聖域に押し入ったと考えただけで黒田の心臓は叩きつけられたグラスのように粉砕した。

時化《しけ》た海のように荒れ狂う黒田の気持ちも知らずに、菜緒はコメディタッチのドラマにときおり笑い声を上げていた。

今後の人生で、心の底から笑える瞬間がくるのだろうか？

今後の人生で、以前と同じように菜緒を愛し続けられるのだろうか？

黒田は、止めどなく押し寄せる不安に苛まれた。

あの男性とは、どこで出会ったんだい？

あの男性は、どんな仕事をやっているんだい？

あの男性とは、いつからそういう関係なんだい？

あの男性のことを、好きなのかい？

矢継ぎ早に喉元まで込み上げる言葉を、黒田は飲み込んだ。

妻の不貞を許せるほど、寛容な心を持ち合わせてはいなかった。

本当は、根掘り葉掘り問い詰めたかった。

声を荒らげ、ふしだらな妻に罵詈雑言を浴びせたかった。

しかし、妻を失うことが怖かった。

容姿端麗で料理も上手く気立てもいい女性……菜緒は、黒田には出来過ぎた妻だった。

彼女を失ってしまえば、もう、再婚は無理だろう。

いや、再婚自体はできるかもしれない。

だが、菜緒ほどの素晴らしい女性に巡り合ったとしても、自分の伴侶になってくれるとは思えなかった。

隙間風が板戸を揺らすような物寂しい感情に、不意に黒田の涙腺は熱を持った。〉

私は眼を閉じ、物語の余韻に浸った。

まるで黒田が憑依《ひょうい》したように、私の胸は震えていた。

彼のような体験はしたことがないのに、怒り、悔しさ、哀しみ、嫉妬、不安、愛おしさの感情が心でない交ぜになった。

知らない世界の出来事や心情を文字の力だけで疑似体験させることができるのは、一流の小説家の証だった。

人を殺すシーンでは殺人犯の気分になり、手術をするシーンでは外科医の気分になり、ピアノを弾くシーンではピアニストの気分になり……読者を物語の主人公の世界観に引き摺り込むのが、小説家としての醍醐味《だいごみ》だ。

「先生、どうなさいました？」

心配げに訊ねてくる森山の声で、私は至福の世界観から現実に引き戻された。

「ああ、ごめん。つい、自分の文章に感情移入してしまってね……」

「それは、仕方ありませんよ！　僕なんて、先生の作品を読んだあとは気持ちが奪われてしまって、ほかの人のゲラを読んでも頭に入ってこないんです。だから、先生の作品は一番最後に読むことにしているんですよ」

森山が瞳を輝かせ、熱っぽい口調で言った。

私の弾みかけた心に、疑問が浮かんだ。

ならばなぜ、訂正する必要があるのか？

私は、森山が書き加えた……というよりも、書き直した赤文字に視線を戻した。


〈ほかの男に抱かれた妻が、黒田の隣でなにごともなかったようにドラマを観て笑っている。

「ねえ、この俳優さん、おもしろいわね。芸人さんみたい」

ほかの男の性器をくわえた唇で、妻が話しかけてきた。

二人の愛の巣で夫を裏切っておきながら、なにくわぬ顔で俳優の話をしてくる菜緒に無性に腹が立った。

怒りの感情とは裏腹に、妻がやけに美しく見えた。

いや、色っぽく見えた、というほうが正しかった。

妻に魅力を感じている場合か？

この女は、つい数日前にほかの男と浮気をしたふしだらな女だぞ？

脳内にこだまする自責の声に抗うように、ブリーフの中で黒田の性器が屹立した。

なにを考えている？

お前以外の男を家に連れ込んでセックスした妻に欲情するなんて、どうかしている！

声量を増す自責の声も虚しく、黒田の性器は痛いほどに硬直していた。

こんなふうに勃起したのは、学生のとき以来だった。

「ほら、見て、あなた、あの顔！」

菜緒がテレビの中で変顔をする俳優を指差し、黒田の太腿に手を置いた。

頭の奥で、甘美な火花が散った。

気づいたときには、菜緒に抱きつきソファに押し倒していた。

「ちょっと……あなた……いきなりなにするの⁉」

動転した菜緒が、黒田を押し退けようと抵抗した。

「最近、ご無沙汰だから、いいじゃないか……な？」

うわずった声で言いながら黒田は、菜緒のセーターの裾を摑み一気に首までたくし上げた。

ブラジャーを外すと、86センチDカップの豊満な乳房が露わになった。

結婚生活も六年目を迎え、正直、菜緒の肉体は見飽きていた。

だが、妻が自分以外の男に抱かれたということを知ってからの黒田は、菜緒を見る目が変わった。

少し垂れ気味の乳房も、大きめの乳輪も、対照的に小ぶりな乳首も、黒田の瞳にはそのすべてが新鮮に映った。

「いやだって！　本当に、やめてったら……」

黒田は菜緒の細い手首を摑み、万歳する恰好にさせて力ずくで押さえつけた。

菜緒が抵抗するほどに、黒田の欲情の炎は勢いを増した。

出会ってからこれまで数百回は身体を重ね、どこが性感帯でどういった喘ぎ声を発するかを熟知していながら、初めて抱くときのような異様な昂りに襲われた。

黒田は、菜緒の硬く尖る褐色がかった乳首にむしゃぶりついた。

唇で含みつつ、舌先で乳輪をなぞり、乳首を甘嚙みするとそれまで嫌がっていた菜緒が鼻腔から抜けるような甘い声を漏らした。

黒田は、シーツに広がるシミを見ながらあることを悟った。

いままでは、妻がセックスに淡泊な女だと思っていた。

二週間に一度のペースの情事でも、菜緒は不満な素振りはみせなかった。

だが、違った。

不満な素振りを見せないからといって、欲求不満でないとはかぎらなかった。

数日前に浮気した女が、罪悪感の欠けらもなく黒田の前で淫らな姿で横たわっている。

菜緒が淡泊なのではなく、自分が淡泊だったのだ。

新婚の頃は、週に三回は愛し合っていた。

年月が経つうちに、週に一回になり、二週間に一回となり、月に一回となっていった。

仕事に追われ、帰宅が零時を回ることがザラになり、一度も菜緒を抱かない月もあった。

平気だと思っていたが、平然と装う裏で菜緒は欲求不満を募らせていたのだった。

気づいたのは、それだけではなかった。

自分の中に眠る加虐嗜好の存在を、黒田は初めて認識した。

菜緒は聞いたこともないようなよがり声を上げ、黒田の臀部を十指で鷲摑みにすると自ら腰を突き上げてきた。〉

私はゲラから眼を離し、天を仰いだ。

「先生？」

森山が、心配そうに声をかけてきた。

私は呼びかけに答えず眼を閉じ、気を静めるように故郷の家の近所に流れる小川を脳裏に蘇らせた。夏になると仲のいい友人と、水遊びをしたものだ。

幼き日の思い出を以てしても、私の感情を静めるのは容易ではなかった。

「なにか、問題がありましたでしょうか？」

「少し、待っててくれ」

私は眼を開けて立ち上がると、森山に言い残し部屋を出た。

逃げるように、私は対面のトイレに駆け込んだ。

私は便座に腰を下ろし、ふたたび眼を閉じた。

荒ぶる感情を抑制するために、好きな映画の名シーンを脳内のスクリーンに浮かべた。それでも、暴風雨のように荒れ狂う感情を宥めることができなかった。

今度は、幼い頃に飼っていた柴犬のゴエモンの愛らしい瞳を思い浮かべた。すぐに、ゴエモンの瞳は掻き消された。

なにをやっても、昂る感情を静めることはできなかった。

スエットパンツを突き破らんばかりに猛々《たけだけ》しくそそり立つ男根が、私に屈辱を与えた。

私は、森山の文章に反応してしまった自分が許せなかった。

決して、彼に文才があるわけではない。官能シーンならば、作文が好きなレベルの学生でも書ける。文章に深みも奥行きも必要なく、ストーリー性もテンポも必要ない。ただ、ひたすら男女の卑猥《ひわい》な性交シーンを生々しく描写するだけでいいのだ。

それにしても、あの文章はなんだ？

せっかく私が黒田の嫉妬と妻への疑念を観念的に描写していたというのに、あんな陳腐に直接的に書かれてしまったら作品の世界観が損なわれてしまう。

たしかに、訂正後の文章のほうがテンポよく読めるかもしれないが、それはセックスという安易な描写に逃げたからだ。

ほかにも、許し難いことはあった。

黒田がほかの男に抱かれた妻に欲情して襲いかかる場面など、損なわれるどころか完全に世界観を壊していた。

私が生み出した黒田は、そんな下世話な男ではない。

決して器が大きな男とは言えないが、誠実な人柄をイメージしていた。

少なくとも、森山が書いたような屈折した性癖の持ち主ではない。文学というよりも、三流のエロ漫画を読んでいる錯覚に陥ってしまう安っぽさだ。

森山はいったい、どういうつもりだ⁉

原稿用紙一枚ぶんの文章をほぼすべて書き直すこともありえないが、それでもまだ、作品のクォリティが上がっているのならば許せる。事もあろうにあんなにひどい文章にするなんて……。

これ以上、見過ごすわけにはいかない。

森山は若くして数々のベストセラー作品を世に送り出している敏腕編集者であり、近代文学最後の文豪の誉れ高い「春川賞」作家の脇下真次郎の担当編集者でもある。そんな彼が万年初版作家と揶揄《やゆ》される私の小説を高評価し、担当にしてほしいと言ってくれているのは夢のような話だ。

しかし、だからといって、なにをやっても許されるものではない。敏腕だか切れ者だか知らないが、編集者が作家の文章を書き直すというのは無礼極まりない行為だ。

「今後のためにも、ビシッと言っておかなければな」

私は自らを鼓舞《こぶ》し、便座から勢いよく腰を上げた。

「お腹でも痛いんですか？」

部屋に戻った私に、森山が人懐っこい笑顔を向けた。この憎めない無邪気な顔に騙《だま》されてはならない。

「お腹は大丈夫だけど、こんなに赤を入れられて心が痛いよ」

私は、皮肉を交え座椅子に座った。

「嫌だなぁ、そんなふうに言わないでくださいよ～。物語の繋がりがあるので全部訂正したみたいになってますが、さきほども言いましたように、先生の世界観をベースに書き足しているだけですから」

悪びれた風もなく、森山が柔和に目尻を下げながら言った。ここで納得してしまえば、さっきと同じだ。

「私の世界観が生かされているとは、思えないな。黒田が浮気している妻に欲情して襲いかかるなんて、そんな変質的な性癖のある主人公ではなくて……」

「ああ、その件ですね。黒田が妻に襲いかかったのは、変質的な性癖を刺激されたからではなく、菜緒が人のものになってしまいそうで焦りと愛おしさがない交ぜになってああいう突発的な行動になったんですよ。そもそも、黒田が菜緒を押し倒したのは、橋本先生がそうさせたんですよ？」

「私が？」

私が訝しげな顔を向けると、森山が柔和な笑みを湛えたまま頷いた。

「だって、先生の描く菜緒の魅力と言ったら……もう、活字だけで彼女の上品な色気がムンムン伝わってきますし、隣りに座っている黒田だったら我慢できないと思ったんです。先生の作品は、一人一人のキャラクターに魂が宿っているように生き生きとしてます。だから、黒田が暴走したのは先生の責任なんですよ」

森山が、私を軽く睨みつけてきた。

褒められたことで言い返そうと用意していた言葉を、口にしづらくなった。

こうやって、私を懐柔するつもりなのだ。このままでは、森山にイニシアチブを握られてしまう。

「そう言ってくれるのはありがたいが、私は間接的な描写で表現するタイプの作家でね。きみの提案は、橋本健三郎の世界観とは懸け離れているよ」

ここだけは、どうしても譲れなかった。たとえベストセラーになったとしても、文学と呼べないような官能小説を世に出すのはごめんだった。

「僕がどうして橋本先生の作品に惚れ込んで担当したいと思ったか、わかりますか？ それは、先生の物語は予測がつかないからです。予定調和な結末ほど、つまらない作品はありません。その点、先生の描かれるキャラクターはときに作家の意思を無視して勝手な言動をしてしまう。殺すつもりのなかったキャラクターが死んだり、死ぬはずだったキャラクターが生き残ったり……予測不能な展開こそ、橋本ワールドの醍醐味なんです！」

森山のキラキラした瞳が、私の戦意を削り取った。

それにしても、口のうまい男だ。どこまで本気でどこまでお世辞なのかの判断がつかなかった。

だが、森山は編集者なので売れる本を作らなければならない。ということは、いまのままの内容では売れないということになる。逆を言えば、森山のやりたいようにやらせればベストセラーになるのだろうか？

ベストセラーを生み出すためだとしても、文学と呼べないような官能小説を世に出すのは嫌なのではなかったのか？

脳内で、自責の声がした。

もちろん、嫌だった。

だが、売れない作家のままなのも困る。

私は、作家の印税だけでは食べて行けないので、コンビニエンスストアと缶詰工場のアルバイトを掛け持っていた。息子のような年の先輩アルバイターにダメ出しされながら、千円にも満たない時給で働く生活から一日も早く脱却したかった。

年収何千万とまでは望まないが、せめて五百万あれば執筆に専念できる。

正直な気持ちを言えば、脇下真次郎のようなセレブな生活に憧れていた。

脇下は毎年、納税ランキングの作家部門でベスト10入りの常連だ。去年の納税額は一億六千万だったので、単純計算で年収は三億以上ということになる。

私はこれまでの人生で、三億どころか三百万さえも見たことがなかった。

綺麗ごとを言っている場合ではないのかもしれなかった。

これだけ有能な編集者が私に声をかけてくることは、奇跡といっても過言ではないのだ。

一文の得にもならないプライドのために、千載一遇のチャンスをフイにするというのか？

「あ、ありがとう……」

まだまだ言いたいことは山とあったが、私は数々の不満の言葉を飲み込み礼を言った。

私が、森山に屈服した瞬間だった。

「先生っ、やめてください。感謝しているのは、僕のほうですよ。僕のような新米編集者を担当にしてくださったわけですから！」

森山が、一点の曇りもない瞳で私をまっすぐにみつめていた。

＊

「わぁ……信じられない……夢みたいです！　これからも、頑張ってください！」

サインした『夏と冬の間で』の単行本を返すと、化粧気のない中年女性がうわずった声で言いながら右手を差し出してきた。

「ありがとう」

私は中年女性の右手を両手で包み込み、笑顔を向けた。

「ありがとうございます～、立ち止まらないでくださいね～」

森山はなかなか手を離さない中年女性の背中を優しく押し、目顔で次の読者を促した。

「黒田の怖いくらい一途な愛に感動しました！　私も、主人にこれくらい愛されてみたいです！」

ぽっちゃり体型の中年女性が、頬を上気させながら単行本を差し出してきた。

すかさず森山は、表紙を開き私の前に置いた。

「ご主人も、きっとあなたのことを愛していると思いますよ」

私は言葉を返しつつ、化粧扉にサインした。

「一生の宝物にします！」

感激に声を弾ませ、ぽっちゃり中年女性が手渡された単行本を抱き締めた。

「あの、一緒に写真を撮って貰ってもいいですか？」

次に現れた二十代と思しき青年が、頬を紅潮させながら訊ねてきた。

「ごめんなさい、写真はご遠慮頂いているんですよ〜」

森山が詫びながら青年の本を受け取り表紙を開くと私の前に置いた。さすがはベストセラー作家を何人も担当しているだけあり、森山のサイン会に並ぶ読者の扱いは手際よかった。

「太陽堂書店」新宿本店の二階の文芸書フロアのスペースにできている長蛇の列は、階段にまで続いていた。ゆうに、百人は超えているだろう。

森山の話では、著名な作家のサイン会でも百人を超える列になるのは稀《まれ》らしい。どの顔も、購入した本を手に順番が回ってくるのを心待ちにしていた。

ここにいる読者は、私と握手して貰うのを目的に、サインして貰うのを目的に、数秒の会話をするために、サイン会の始まる一時間前から並んでいるのだった。

私はいまだに、目の前の現実を受け入れられずにいた。

『夏と冬の間で』が刊行されてからの四ヵ月間に起きた出来事は、それまでの私の人生からは想像のつかないものばかりだった。


『夏と冬の間で』発売二週間で十五万部突破！

遅れてきた大器！　橋本健三郎の衝撃作！

文学界を激震させた鬼才の問題作！

『夏と冬の間で』が文芸部門ベストセラーランキング四週連続一位！

抱かれたい男優ナンバー1の若村拓馬主演で早くも映画化決定！

『夏と冬の間で』発売一ヵ月で三十万部突破！

「文天堂書店」神保町本店で『夏冬』原作者、橋本健三郎のファーストサイン会が決定！

『夏と冬の間で』が文芸部門ベストセラーランキング八週連続一位！

『夏と冬の間で』発売二ヵ月で四十万部突破！

『夏冬』原作者、橋本健三郎、『情熱大陸』出演決定！

『夏と冬の間で』発売四ヵ月で五十万部突破！


私を取り巻く環境は、四ヵ月で一変した。

それまで私を歯牙《しが》にもかけていなかった各出版社の編集者達が、掌を返したように会食に誘ってきた。テレビ出演や雑誌のインタビューで丸一日潰れることも珍しくなかった。『夏と冬の間で』が刊行される以前の万年初版作家と言われていた時代の、千部も売れなかったような過去作品の部数も伸び始めた。原稿を送っても無視していた編集者達が、競い合うように連載小説の執筆を依頼してきた。

しかし、私は、どの出版社からの執筆オファーも断っていた。

執筆中の新作も、「くるみ出版」で刊行する予定だった。

正直、もったいないという思いがないと言えば嘘になる。だが、初版止まりの私をベストセラー作家にしてくれた森山を裏切るような真似はしたくなかった。

それ以上に、森山と違う担当編集者とベストセラーを生み出せるのかという不安が足を踏み出せない大きな理由だった。

『夏と冬の間で』は、三分の二は森山の手によって書き直されていた。

最初の頃は、怒りに任せて激しく抗議した。

プライドがズタズタに傷つけられ、森山と手を切ろうと思ったことは一度や二度ではない。

しかし……。


――僕は橋本先生の世界観をベースにアレンジしただけに過ぎません。

――橋本先生の文章がなければ、僕のような文才のない平凡な人間には、一行だって書くことはできません。

――料理にたとえれば、僕はお客さんが食べたくなるような見栄えのする器や盛り付けをしたに過ぎません。でも、いくら器や盛り付けの見栄えがよくてお客さんの気を引いても、料理の味が飛び抜けていなければすぐにソッポを向かれます。


私が不安と不満をぶつけるたびに、森山は根気強く諭し聞かせてくれた。

――漫画の世界では分業は常識で、売れている漫画家さんほどアシスタントに任せている割合が多いものです。中には、主人公の黒目しか描かない巨匠もいますからね。九十九・九パーセントは、アシスタントの手によって描かれた作品なんですよ。でも、そのアシスタントが独立しても漫画家として成功するのは難しいでしょう。なぜだかわかりますか？　アシスタントは先生のキャラクターを真似て描く技術は持っていますが、キャラクターを生み出すことはできないからです。

私が完全に吹っ切れたのは、森山にこの話を聞いてからだった。

いや、肚《はら》を決めた、というほうが私の心境を表していた。

小さな自尊心の声に従いチャンスを見送りアルバイト生活を続けるか、大きな野心の声に従い人生の大勝負に打って出るか……私は、戦場に行くことを決意した。森山という名参謀がいれば、勝ち戦になる確信があったのだ。

予想通り『夏と冬の間で』は、発売四ヵ月で累計五十万部を超えるメガヒットとなった。

私の読み通り、森山は豊臣秀吉を天下人にした黒田官兵衛並みの名参謀だった。

だが、森山が敏腕編集者であるほどに、私の中で葛藤が大きくなっていった。

『夏と冬の間で』は、私の作品と言えるのか？　それとも……。

「主人公の黒田は、橋本先生がモデルなんでしょうか？」

学生服姿の清楚《せいそ》な少女の声に誘われるように、私は現実世界に戻ってきた。

物語の内容が、不貞を働く妻を葛藤に悶え苦しみながらも受け入れ、鬼気迫る一途な想いで愛し続ける夫の話なので、読者のほとんどは三十代以上の男女だった。

二十代の若者は稀にいたが、女子高生は初めてだった。

「それは、イエスでもありノーでもあるかな。私の持論だが、小説は完全な虚構であっても完全な自伝であってもならない。虚構と現実のバランスがうまく取れている作品こそが、秀作と呼ばれると思っているよ」

私は、いつもより表情を気にしながら語った。

声のトーンも、心持ち低めにした。

「凄い！　やっぱり、大作家さんって考えることが違いますね！」

少女が、胸前で掌を重ね合わせ頬を紅潮させた。

四十を過ぎて、娘のような歳の少女にときめいている自分がいた。

「ところで、君にはまだ早い物語に思えるけれど、どうして読む気になったのかな？　お父様かお母様が読んでいたとか？」

ほかの読者にはしない質問が、無意識に口をついて出た。

森山が、早くしてください、というような咎める眼で私を見た。

「いいえ、私がネットで見かけてあらすじを読んで、おもしろそうだと思って購入したんです！　小学生の頃から同年代の子達とは話が合わなくて、大人といるほうが楽しいような女の子でした。だから、いまなんて、尊敬する大好きな橋本先生とお話しできているのが夢みたいなんです！」

少女が、潤む瞳で私をみつめながら興奮口調で言った。

信じられなかった。

数ヵ月前までは女子高生の視界にも入らないような、うだつのあがらない中年男だった私が、あたかもイケメンアイドルのように少女を熱狂させている。芸能人といっても通用する整った顔立ちの美少女が、四十二歳の私に胸をときめかせ、声をうわずらせ、瞳を潤ませているのだ。

もし、私が食事に誘えば……。

心に芽生えたよからぬ感情を、私は慌てて打ち消した。

「夢なんかじゃなく、現実だよ」

私は、目もとに力を込めたキメ顔で少女をみつめた。

「本当ですね！　この日の思い出を残しておきたいので、一緒に写真を撮って貰ってもいいですか？」

「もちろ……」

「あ、先生、まずいです」

森山が私を遮り、背後から耳もとで囁いた。

「なぜ？」

私は囁き返した。

「なぜって……このサイン会は写真撮影は禁止になっているからですよ。今日だって、五人以上の人に頼まれて、すべてお断りしているのを先生も見ていたでしょう？」

「ああ、わかっているけど、一人くらいはいいじゃないか？」

「特例を認めてしまうと、残る人全員が写真撮影を求めてきます。そんなことになったら、進行が遅れて整理券を持っている人でも途中で打ち切りになってしまいます」

「高校生がわざわざ本を買ってくれてサイン会にきてくれているんだよ？　少しくらい大目

に見ても……」

「だめですって。しかも、この子だけほかの人の三倍くらい時間をかけてますから、早く次に行きましょう」

私がどれだけ頼んでも、森山は頑なに拒絶した。

彼の言いぶんは正論だが、ときには例外も必要だ。それに、ここで大人しく引いてしまえば、森山の発言力がさらに増してしまう。

少女が、不安そうに私をみつめていた。

「わかった。じゃあ、メールアドレスと電話番号を訊いておいてくれ。あとで、私の写真を送るから」

写真を送るという口実にしていたが、本当は少女の連絡先を知りたいだけだ。

「わかりました」

森山は呆れた表情で頷くと、少女の背中を押した。

「あとで写真を送るからね」

私が小声で言うと、少女が満面の笑みで頷いた。

「本物の橋本先生だわ！」

ファンデーションが皺にめり込んだ五十代と思しき派手な女性が、いきなり私に抱きついてきた。

きつい香水の匂いが、不快に鼻孔の粘膜を刺激した。

さっきの女子高生とだったらどんなに……。

脳内に広がりかけた邪《よこしま》な妄想を、私はふたたび打ち消した。

私の作品を愛し、わざわざサイン会にまで足を運んでくれた読者を区別してはならない。

「わざわざお忙しいところをきて頂き、感謝します」

いままでの屈辱の日々を考えれば、たとえ犯罪者であっても橋本健三郎の読者でいてくれるのはありがたい話だ。

私は、香水女をハグしながら、どれだけ売れても奢《おご》り高ぶらないように心で己に言い聞かせた。

＊

「今日のゲストは、いま、最も脂の乗っているベストセラー作家の橋本健三郎さんでーす！」

古き良き時代の田舎の民家を彷彿《ほうふつ》とさせる茶の間を再現したセット――掘りごたつに座った私は、馴染みのハイトーンボイスで名前を呼ばれカメラに向かって強張った笑顔を向けた。

『夏と冬の間で』がベストセラーになってから、様々な情報番組やワイドショーに出演してきたのでテレビには慣れていたが、今回は特別だった。

四十年の歴史を誇る国民的長寿対談番組「節子の茶の間」には、これまでに一流の芸能人、スポーツ選手、作家、画家、音楽家、映画監督などが出演してきた。

つまり、「節子の茶の間」に呼ばれるということは、その分野で一流だと認められた証になるのだ。

「あら、橋本先生、もしかして緊張なさってる？　思春期の少年が初恋の女の子に告白するときみたいな顔をしてらっしゃるわよ？」

還暦をとうに過ぎている白椿節子《しろつばきせつこ》が、悪戯《いたずら》っぽく笑いながら言った。

「ええ、いつもテレビで観ていた憧れの番組に自分が出演していることが、いまだに信じられません」

「またまた、五十万部の大ベストセラー作家さんが謙遜しちゃって！　ま、昆布茶でも飲んでリラックスしてくださいな」

白椿節子が、毎回ゲストに用意されている梅昆布茶を私の前に置いた。

「早速ですけどあなた、いきなりボーンと売れたと思っていたけど、結構、苦労人でいらっしゃるのね？　デビューして十三年で、『夏と冬の間で』が初めてのベストセラーなんですって？」

トレードマークの早口で、白椿節子が息継ぎもなしに言葉を並べた。

「ええ。それまでは、出す本すべてがまったく売れずに、万年初版作家と揶揄されていました」

私は、苦笑いしながら語った。

こうして売れない当時を振り返る心の余裕ができたのも、勝ち組になれたからだ。

「くるみ出版」から刊行したブレイク後二作目となる『太陽に嫉妬する月』も、発売して一ヵ月で既に十万部を突破していた。

二作連続のヒットで、一発屋で売れない頃に戻るかもしれないという不安は払拭された。

一年前からは想像がつかないほどの富と名声を得ることができた。

サイン会を開けば長蛇の列ができ、テレビで共演した魅力的な女性タレントと連絡先を交換できるようになり、『夏と冬の間で』の映画化を見越して売り込もうとする有名俳優の所属事務所のマネージャーに、高級レストランに接待される立場になった。

本来なら我が世の春を謳歌《おうか》しているはずだが、私の心は梅雨時の空に広がる雨雲のように晴れなかった。

「万年初版作家なんて、ひどいことを言う人がいるものですわね。初版の本を出す立場になるのも大変だっていうことがわかってらっしゃらないのね～。ところで、あなたのブレイクのきっかけとして、『くるみ出版』の編集者さんとの出会いが大きいとなにかのインタビューで読んだんですけれど、その編集者さんっていうのはあそこにいらっしゃる笑顔がとても素敵な好青年かしら?」

白椿節子が、スタジオの隅で収録を見守っている森山に視線を向けるとカメラが抜いた。

僕なんて映さないでください、とでもいうように照れ臭そうに顔前で手を振る森山を観た視聴者は、彼の柔和な仮面の下に隠された悍《おぞ》ましい素顔を知らないだろう。

「あなた、敏腕編集者なんですって?」

突然、白椿節子がゲストでもない森山に話しかけた。

「いえ、僕はただの一編集者ですよ。『夏と冬の間で』が数多くの読者の方に受け入れて頂けたのは橋本先生の素晴らしい世界観があってこそですから、僕でなくても誰が担当についてもベストセラーになったはずです。競馬でたとえれば、僕は名馬の背中に乗っていただけでG1レースを勝ちました、という感じですね」

好感度が上昇する音が聞こえてきそうな森山の誠実で謙虚な受け答えに、白椿節子の目尻がみるみる下がった。

「まあ～、あなた、聞きました？　なんて謙虚な編集者さんだこと！　ああいう素晴らしい才能のパートナーがいらして、あなたも心強いでしょう？」

やはり、白椿節子は森山に好印象を抱いたようだ。

無理もない。出会ったばかりの頃は、私も彼にたいして感謝の念しかなかった。だが、森山にたいするその気持ちは、私の作品が売れれば売れるほどに薄れていった。

「はい、森山君は本当に優秀な編集者です。私の持論は、編集者は空気であれ、というもので、理解してくれてそばにいてくれるだけでいいんです」

私は、視界の端で捉えた森山の顔が瞬間険しくなったのを見逃さなかった。

「編集者は空気であれ、とは、どういうことなんですの？　もっと詳しく、教えて貰えるかしら？」

白椿節子が、好奇に瞳を輝かせ身を乗り出した。

「作家がどんなに行き詰まっても、編集者は代わりに執筆することはできない。悪い編集者というのは、こういうときに知ったかぶりをしてあれやこれやとアイディアを出してくるのですが、それは作家にとって甚だ迷惑な行為なのです。たとえば、作家と編集者の関係を歌手とマネージャーの関係に置き換えて説明します。歌手が自分の思い描いたような歌いかたができなく、スランプに陥っているとしましょう。その状況でもしマネージャーが歌手を助けるつもりで、こんなふうに歌ってみてはいかがですか？　と実演して見せたとします。マネージャーは担当している歌手を助けたい一心でやっていることですが、むしろ、逆に追い詰める結果になるのです。と言いますのも、マネージャーがどんなに頑張ってもしょせんは素人なので、プロの歌い手にしてみたら参考になるどころかよけいに混乱してしまいます。編集者も同じです。作家気取りになってあれこれアイディアを出す編集者は、自分は善意のつもりでしょうが、なんの参考にもならない陳腐な文章を押しつけようとしているだけだということをわかっていないのです。その点、森山君のような優秀な編集者は、私の筆が進まないときも黙って見守ってくれ、お腹が減ったからご飯に連れて行ってください、などと執筆とはまったく無関係のスパイスをさりげなく入れてくれるのです。自然と気分転換になっているのか、森山君がそうやって小説とは関係のない部分で助け船を出してくれたあとは、集中力が増して筆が進むようになるんですよ」

痛いほどに森山の視線を感じたが、私は気づかないふりをした。

あとが怖くないと言えば嘘になるが、ここらで牙を剝いておく必要があった。

私は、去勢された作業犬になるのはごめんだ。

「まあ、素敵だわ。あなたにとって編集者さんは、内助の功の働きをしてくれているのね？」

あくまでも白椿節子は森山を称賛したいようだが、構わなかった。私の発言は、もうお前の言いなりにはならないという森山への牽制が目的なのだから。

「ええ、『くるみ出版』の森山君は、橋本健三郎にとってなくてはならない優秀な黒衣《くろご》ですね」

私は言い終わったあとに、勇気を出して森山を視界に入れた。

満面に笑みを湛え大きく頷く森山に、私は早くも後悔していた。

すぐに、思い直した。

いつかは踏まなければならない地雷だったのだ。

真の至福《成功》を手に入れるために……。

＊

携帯電話《ガラケー》のメールの着信音で、私は回想の旅を中断し眼を開けた。

ディスプレイには、森山、の名前が表示されていた。

私は携帯電話を手に取り二つ折りのボディを開くと、受信メールボックスのアイコンをクリックした。

《お疲れ様です。あと五分ほどで到着します。》

文面を読み終えると、私はふたたび眼を閉じた。

——先生の発言は、僕にたいしての宣戦布告と考えてもいいですね？

「節子の茶の間」の収録後、移動の車内で森山が切り出した。

彼の顔からはいつもの柔和な微笑みは消え、無表情に私を見据えていた。

――宣戦布告？　どうして、私がそんなことをするんだ？　君は敵ではなく、私の味方なんだよ。

収録では勇気を出したものの、車内で面と向かって喧嘩を売ってるんですかと訊かれて、ああそうだよ、と開き直る強心臓を私は持ち合わせていなかった。

――ですよねぇ。よかったです、安心しました！　まさか、先生が十三年越しにようやく手にしたベストセラー作家という名誉と富を、自らの手で台無しにするなんてありえないと思ってたんですよぉ。よかったぁ、最悪、僕が記者会見を開かなきゃならなくなるのかとドキドキしましたよ～。

いつもの無邪気な笑顔に戻った森山が、左胸に手を当て大袈裟に息を吐いて見せた。彼の言葉に、今度は私が表情を失った。

――先生、話は全然変わりますけど、僕、今度車を買い替えたいと思っているのですが、五百万もするのでしがない編集者の給料では手が出ないんですよねぇ。

記憶の中の森山の声を、インターホンのベルの音が掻き消した。

私はおもむろに眼を開け、視線を書斎机の上に移した。
私は、遺書をみつめた。
私は、包丁に視線を移した。
私は、札束に視線を移した。
私は、遺書に視線を戻した。
私は、包丁に視線を移した。
私は、札束に視線を移した。
二回、三回と、催促するようにインターホンのベルが鳴らされた。
私は肚を決め、机上に並ぶ三つの選択肢のうちの一つで視線を止めた。

（以下、次号！）

5

脇坂宗五郎『遺書』刊行記念記者会見……記者席の五列目に陣取る一夫は、脇坂の背後に掲げられた看板に視線をやった。

開始予定である午前九時ちょうどに現れた脇坂は、壇上に設置された長テーブルを前に腰を下ろすと、明滅するカメラのフラッシュに眼を細めることもなく寿司詰め状態の記者達の顔をゆっくりと見渡した。

赤坂の「プリンス見附」の記者会見場には、新聞、週刊誌、テレビの二百人を超える報道陣が集まっていた。

情報番組の生放送のテレビカメラも三局入っており、この会見の注目度の高さが窺えた。

「春木賞」作家が七年ぶりに新刊を上梓したという話題よりも、マスコミと世間が注目しているのはその衝撃的な内容についてだった。

『遺書』のストーリーは、十四年前に日本中を震撼させた「上用賀バラバラ殺人事件」を彷彿とさせるものだった。

主人公の「私」……作家の橋本健三郎は作家の橋爪健太郎、橋本の担当編集者「くみみ出版」の森山は、橋爪の担当編集者「どんぐり出版」の森野と、主要な登場人物が実在の人物を想起させるキャラクター設定になっているのが、弥《いや》が上にも物議を醸《かも》す原因となっていた。

ほかにも、作中で森山が担当する「春川賞」を受賞した脇下真次郎なる国民的大御所作家が出てくるが、『遺書』の筆者である「春木賞」作家の脇坂宗五郎は森野の担当作家であった。

まだある。作中、永久初版作家と揶揄されていた橋本健三郎が森山が担当編集者となった途端にベストセラー作品を生み出したことも、万年初版止まり作家と陰口を叩かれていた橋爪健太郎が森野の手腕により飛ぶ鳥を落とす勢いのベストセラー作家になったという事実と酷似している。

登場人物の名前や関係性が似ているだけならまだしも、『遺書』が世間を騒がせているのは、「上用賀バラバラ殺人事件」の被害者である森野啓介が殺害された真相に言及していることだ。

文芸誌での連載から一年。その間、一切の取材を受けていなかった脇坂がいったい何を語るのか——会場内は殺気立ったマスコミの熱気で溢れていた。

「お忙しい中、脇坂宗五郎先生の『遺書』の刊行記念記者会見にお集まりくださりありがとうございます。本日、会見の進行を務めさせていただく『早雲出版』の石塚と申します。まことに勝手ながら、会見時間の都合により一社につき一つのご質問とさせて頂きますのでご了承ください。ご質問は挙手制でお願い致します」

マイクを持つ褐色の肌に白髪の短髪を逆立てた中年男性……会見を仕切っているのは『遺書』の版元の編集長だ。

報道陣を見渡していた脇坂が一夫の所で視線を止めると、口元を綻《ほころ》ばせた。

脇坂家は山野家の隣で、泰平とは囲碁仲間だ。一夫も幼少の頃から、子供のいない脇坂にお年玉を貰ったり孫のようにかわいがられていた。

「では、これより、ご質問を受け付けさせて頂きます」

石塚の言葉に、一夫の周囲で報道陣の手が我勝ちに挙がった。

一夫は、手を挙げなかった。

「はい、後列右の黄色いネクタイを締めている男性の方」

「大京新聞の朝倉と言います。最初の質問から申し訳ないのですが、単刀直入にお訊ねします。『遺書』で脅されている作家は橋爪健太郎先生で、脅しているのは『上用賀バラバラ殺人事件』の被害者である森野啓介さんがモデルですか?」

「君は、無粋な男だなぁ。女性にモテないだろう? デートのときにレストランに入っても、一人でさっさと食べたい物を注文してしまうタイプじゃないのか?」

紋付き袴姿の脇坂がマイクに顔を寄せ、皮肉っぽい口調で言った。

「いいえ、こう見えても僕はレディファーストです。それより、質問の答えを聞かせて貰ってもよろしいですか?」

「わしは創作者だ。それが答えじゃよ」

脇坂が、得意げな顔で言った。

「ということは、『遺書』はフィクションだと……」

「一社につき質問は一つでお願いします。では、次の方」

質問を重ねようとする記者を石塚が遮った。

また一夫の周囲で報道陣の手が我勝ちに挙がった。

一夫は、手を挙げなかった。

「四列目の赤いネクタイの男性の方」

石塚が、次の質問者を指名した。

「週刊毎スタイルの佐橋です。『遺書』に出てくるベストセラー作家の橋本健三郎は橋爪健太郎先生で、担当編集者の『くるみ出版』の森山は『どんぐり出版』の森野啓介氏のことでしょうか?」

「おいおい、最近のジャーナリストというのは、リレーみたいにバトンを受け取るような質問しかできないのかね? まったく、独創性の欠けらもないな、君達は」

脇坂が身振り手振りで言うと、やれやれ、というふうに首を横に振って見せた。言葉とは裏腹に、脇坂の表情は生き生きとしているようだった。「春木賞」の受賞後、これといったヒット作に恵まれなかった脇坂がマスコミの脚光を浴びるのは久しぶりのことだった。

「脇坂先生の新作は、世間の注目の的ですから訊かずにはいられませんよ」

佐橋の言葉に脇坂の目尻は下がり、頬肉がみるみる弛緩した。

「世間の注目なんぞまったく興味はないが、特別に教えてやろう」

記者達が一斉にICレコーダーを突き出した。

「『遺書』に出てくるベストセラー作家の橋本健三郎は橋爪健太郎氏で、担当編集者の『くるみ出版』の森山は『どんぐり出版』の森野啓介氏のことか? という質問にたいしての答えは、イエスでもありノーでもあるということじゃ」

「どういう意味でしょうか?」

「申し訳ありませんが、一社につき質問は一つで……」

「おいおい、硬いことを言うな。わざわざ、こうして集まってくれているんじゃ。少しくらい、いいだろう」

脇坂が、石塚を遮った。

「答えの前に、君に質問していいかな? ええっと……」

「佐橋です」

「ああ、佐橋君。文学とは、誰のものかね?」

「え……?」

「文学とは、誰がためのものなのかを聞いているんじゃよ」

「それは、作家さんのものかと……」

「馬鹿もん! 文学は読者のものじゃろうが!」

脇坂の濁声《だみごえ》が、会見場の空気を震わせた。

「だから、読者がノンフィクションだと思えば実話、フィクションだと思えば創作……それが、さっきの質問にたいするわしの答えじゃよ」

脇坂は勝ち誇ったように言うと、喉を鳴らして水を飲んだ。

「そんなの詭弁……」

「はい、次の質問の方……」

石塚が、佐橋の反論を強引に断ち切った。

一夫の周囲で報道陣の手が我勝ちに挙がった。

一夫は、手を挙げなかった。

石塚に指名された八頭身はありそうなスリムな女性が立ち上がった。

「真ん中のグレイスーツの記者の方」

「週刊貴女倶楽部の手越です」

「ほう、記者にしておくのはもったいないスタイルをしているね」

脇坂の視線が、八頭身女性……手越の全身を舐めるように這った。

「ありがとうございます。でも、作家先生なら、いまの発言が完璧なセクハラに当たるということを覚えていらしたほうがいいかと思います」

手越が棘を含んだ口調で言った。

「これはこれは、ずいぶんと勝ち気なお嬢さんだね。でも、一つだけ人生の先輩として教えておいてやろう。最近の女性は二言目にはセクハラだなんだと騒ぐが、そもそも、セクハラがどういう意味かわかっておるのかな?」

脇坂が、薄笑いを浮かべつつ手越を見据えた。

「馬鹿にしないでください。これでも、メジャー女性誌の記者なんですから。セクシャルハラスメントは、性的な嫌がらせのことです」

憮然とした表情で、手越が言った。

「おお、わかっておるじゃないか? だったら、わしの発言がセクハラだなんて言わないはずじゃが？」

「おっしゃってる意味がよくわかりません。脇坂先生の私にたいしての発言は、十分に……」

「セクシャルハラスメントとは、相手の意に反する性的言動によって不利益を受けたり、職場環境が害されることを言うんじゃが……はて、君はわしの発言によってどんな不利益を受けたのかのう？」

「これ以上、不毛な会話を続ける気はありません。質問です。『遺書』に橋本健三郎なるベストセラー作家を登場させるにあたって、橋爪健太郎先生には許可をお取りになったんでしょうか？」

手越が、挑むような口調で言った。

「どうして、許可なんて取る必要があるんじゃ？」

「脇坂先生は、『遺書』がフィクションかノンフィクションかは読者に委《ゆだ》ねるとおっしゃいました。ですが、たとえフィクションであったとしても、ある特定の人物を彷彿とさせるキャラクターが登場することによって、そのモデルとなった人物は多大な被害を被ることがあります。もしご自分が橋爪先生に同じことをされたら、見過ごすことができますか？　これは、名誉毀損で訴えられるレベルのことですよ!?」

手越が、ヒステリックな口調で脇坂に詰め寄った。

「ノンフィクションなら、訴えられないんだろう？」

脇坂は動じたふうもなく言った。

「え？　それは、どういう意味ですか!?　脇坂先生は、『上用賀バラバラ殺人事件』の被害者である森野啓介さんが橋爪健太郎先生を脅していたと……橋爪先生が森野さんを殺害したと、そうおっしゃるんですか⁉」

手越が血相を変え、矢継ぎ早に質問した。

「まあまあ、お嬢さん、落ち着いて……おっと、こんな呼びかたをしていると、また、セクハラだと怒られてしまいそうじゃな。君は、私の作品をちゃんと読んだのかな？」

脇坂が、『遺書』をテレビカメラに向かって掲げながら手越に訊ねた。

「もちろんです」

「だったら、橋本健三郎が金、遺書、包丁のいずれかを選択する前に物語が終わっていることも知っておるだろう？　『遺書』のどこに、橋本健三郎が森山君を殺害した描写があるんだね？」

「それは詭弁です！　殺害したという描写はなくても、物語の内容自体が問題だと言ってるんです！　あんな書きかたをすれば、森野さんが橋爪先生を脅し、橋爪先生が森野さんを殺害したと言っているようなものじゃないですか⁉」

手越がさらにヒートアップして詰め寄った。

「ある作品で、鈴木正という極悪非道の殺人者を書いたことがある。ある作品では、佐藤宏子という淫乱な主婦を書いたこともある。鈴木正も佐藤宏子も平凡な名前じゃ。恐らく、日本全国に同姓同名の人々が千人以上はいるはずだ。そして人間である以上、誰かを殺したいほど憎んだり、人に知られたくない性的な欲望は大小の差はあれ内包しているだろう。君の論法で言えば、日本中の鈴木正と佐藤宏子にわしは罪を犯したことになる。あなたの作品のせいで、僕は極悪非道な殺人者だと思われてしまったじゃないか⁉　どうしてくれるんだ！　あなたの作品のせいで、私は淫乱な浮気性だと思われたじゃないの⁉　果たして、日本中の鈴木正と佐藤宏子はこう憤っただろうか？　そうだとすれば、脇坂宗五郎は千人を超える鈴木正と佐藤宏子に釈明するべきなのか？　これはあくまでも創作であり、作品に登場する極悪非道な殺人者はあなたではない、淫乱な主婦はあなたではない、とな」

脇坂は皮肉っぽい口調で言うと、報道陣を見渡した。

「屁理屈ばかり、いい加減にしてください！」

手越のヒステリックな声が、会見場の空気を切り裂いた。

「屁理屈を言っているのは君のほうじゃよ。わしら作家は、一つの作品に少なくとも五人以上の人間が出てくる。多いときには脇役も含めて二、三十人になることもある。執筆前に、登場人物と同姓同名がいないかをいちいち調べろというつもりか？」

脇坂が両手を広げ、大袈裟に眼を見開いた。

詭弁ばかりじゃないですか！

偶然に同姓同名の人が読者にいた場合と『遺書』は違います！

被害者のご遺族の気持ちを考えたことがありますか!?

橋爪先生にたいして失礼だと思わないんですか！

名誉毀損で訴えられても文句は言えませんよ！

あなたは、森野さんを脅迫犯として登場させてるんですよ!?

そこここから非難の声が噴出したが、脇坂は口元を綻ばせていた。

「みなさん、静粛にして頂かなければ会見を中止します！」

石塚が一喝すると、場内のざわめきが収まった。

「では、次の方」

一夫の周囲で報道陣の手が我勝ちに挙がった。

一夫は、手を挙げなかった。

「六列目の眼鏡をかけた男性の方」

「東都新聞の岡田です。作中では、担当編集者の森山が橋本健三郎の原稿を代筆……つまり、ゴースト作家だったわけですが、もしかして、故森野氏と橋爪健太郎先生も同じ関係だったということですか？」

岡田の質問に、ふたたび場内がざわついた。

「おいおい、君は、『遺書』の設定通りに、橋爪健太郎氏が担当編集者だった森野君に原稿の九十パーセント以上を執筆させていたかどうか、ゴースト作家であることを世間にバラされたくなければ口止め料を払えと脅されていたかどうか、作家としての致命的弱味を握られた森野君を殺害したのは橋爪氏かどうかということを、わしに答えさせるつもりなのか？　仮に、もしそうだったとして、わしが会見の席でそれを認めると思うか？」

脇坂が立ち上がり、船乗り並みによく通る大声で岡田の質問の趣旨を確認した。

「そのための会見ではないんですか？」

岡田が食い下がった。

「そのための会見とは、『遺書』の設定通りに、橋爪健太郎氏が担当編集者だった森野君に原稿の九十パーセント以上を執筆させていたかどうか、ゴースト作家であることを世間にバラされたくなければ口止め料を払えと脅されていたかどうか、作家としての致命的弱味を握られた森野君を殺害したのは橋爪氏かどうかということかな?」

脇坂が、報道陣の潜在意識に擦り込むとでもいうように同じ発言を繰り返した。

「これがノンフィクションなら、十四年前の事件の犯人は橋爪先生ということになりますよね⁉『遺書』に書かれているのが橋爪先生と亡くなった森野さんのことなのか、そうであればどうして脇坂先生がそれを知っているのかの説明責任がありますよ!」

岡田が、厳しい口調で脇坂を追い詰めた。

脇坂が、再生した音声のように同じ言葉を繰り返した。

「脇坂先生、ピンチだな。調子に乗って適当なことをベラベラしゃべるからだよ」

一夫の隣の記者の甲高い声が、知り合いの記者に話しかけた。

「ピンチ? 冗談だろ」

もう一人の記者の低い声が吐き捨てた。

「え? どういう意味だよ?」

「久しぶりに脚光を浴びて調子に乗っているのは事実だけど、適当なことをベラベラ喋ってなんかいない。すべて、計算ずくさ」

「計算ずく?」

「ああ。記者に突っ込まれる状況をあえて作り、周囲の口から橋爪健太郎が森野啓介に弱味を握られていて、それで殺害したという説を語らせているのさ」

「じゃあ、森野氏が橋爪先生のゴーストライターだというのは、実話なのか⁉」

「さあ、それはわからない。ただ、森野が担当編集者になったとたんに橋爪健太郎がベストセラー作家になったのは有名なことだ。そしてもう一つだけはっきりしているのは、『遺書』が橋爪健太郎を貶《おとし》めるために執筆された悪意に満ちた作品だってことさ」

「もし、『遺書』に書いてあることが真実なら大変な騒ぎになるぞ。でも、森野氏が橋爪先生のゴーストライターだったなんて、やっぱりありえないよ」

「まあ、なんにしても、脇坂宗五郎の問題作によって風化していた十四年前の迷宮入り事件が蘇ったのは事実だ」

会場内では、脇坂の威厳のある声が響いている。

「どうして、説明責任があるんじゃ？　わしは、さっきのお嬢さんが、橋爪君に訴えられるレベルのことを書いていると言われたから、ノンフィクションなら訴えられないんだろうと言ったまでだ。作家が書いた内容がたまたま現実のシチュエーションに似通っているからといって、いちいち名誉毀損で訴えられるなら小説なんか書けんわ！」

居直る脇坂に、報道陣から怒号が飛び交った。

「週刊パパラッチの奥野です。脇坂先生はさっきからいろいろと詭弁を弄しておられますが、『遺書』が刊行されたことで森野氏と橋爪先生の名誉が著しく傷つけられたことは事実じゃないですか⁉　その点を……」

「あ、私は指名してない……」

「いいんじゃ。続けなさい」

制そうとする石塚を、脇坂が逆に制した。

「その点を、どうお考えですか⁉」

「はて？　その点とは？」

脇坂が、首を傾げ気味に質問を返した。

「説明責任ですよ！　さっき脇坂先生は説明責任なんてないとおっしゃいましたが、それは通りませんよ！」

奥野が、毅然とした口調で言い切った。

「ほう、どうしてかね？」

脇坂の首が、さらに横に倒れた。

「ほらほら、またトラップをかけてきたぞ」

一夫の並びの席――低い声の記者が囁いた。

「トラップ？」

甲高い声が訊ね返した。

「さっきも教えてやっただろう？　森野啓介は橋爪健太郎のゴーストライターだったのか？　森野啓介を殺害したのは橋爪健太郎なのか？　このテーマについて繰り返し議論されるほどに、『遺書』は話題になるし橋爪健太郎のイメージダウンになる。だから、脇坂先生にとっては突っ込まれたり非難されるほどおいしいってわけだ」

「『遺書』を話題にしたいのはわかるけど、どうして橋爪先生のイメージダウンが関係あるんだよ？」

「わかってないな。お前、それでも記者か？　そんなの決まってるだろう。橋爪健太郎への嫉妬心だよ」

「嫉妬心？　脇坂先生は『春木賞』作家だぞ？　無冠の橋爪先生に嫉妬なんかするわけないだろう？　わかってないのは、お前だよ」

「馬鹿だな。いつの話だよ？　脇坂宗五郎が『春木賞』を取ったのは、もう十五年も前の話だぞ？　それ以来、話題作を刊行したわけじゃないし、ここ数年は新刊も出してなかった。たいする橋爪健太郎は、森野啓介が担当作家になったのを皮切りにベストセラーを連発している売れっ子作家だ。たしかに格的には脇坂宗五郎のほうが上かもしれないけど、それはあくまで文壇的評価であって、出版社が必要としているのは利益が見込める橋爪健太郎のほうだから。書店の一番目立つ位置に平積みされている橋爪作品を見るたびに、脇坂宗五郎は腸《はらわた》が煮えくり返る思いだったはずだ」

会見場はさらにヒートアップしていく。

「たとえフィクションであっても橋爪先生の名誉を失墜させたわけですし、ノンフィクションなら迷宮入り事件の解決に繋がる供述になるわけですから！　どっちにしても、これだけの問題作を発表したからには最後まできちんと責任を取るべきです！」

記者の低い声を、奥野の声が掻き消した。

「その通り！」

不意に大声がし、男性が大股で壇上に歩み寄った。

男性は、「どんぐり出版」の編集長の中富だった。

「脇坂先生っ、これは、いったいどういうことか説明してください！」

中富が、壇上の脇坂に詰め寄った。

「部外者の乱入は困ります！」

慌てた声で、石塚がマイク越しに言った。

「なにが部外者だ！　連載中、なんど連絡しても梨の礫《つぶて》だったくせに‼　お宅の刊行した『遺書』は、ウチの森野君と島崎君を侮辱してるんだぞ！」

中富の隣に立っている黒いスーツ姿の巨乳の女性が、脇坂を睨みつけていた。

「だからといって、部外者が勝手に……」

「まあまあ、いいではないか。ところで、『遺書』のどこが森野君と島崎君を侮辱したことになるんだね？」

石塚を制した脇坂が、中富に訊ねた。

「先生には当社もお世話になっていますから、こんなことは言いたくないんですが……『遺書』の内容はあまりにもひど過ぎます！　いくら創作と言っても、死者を冒瀆《ぼうとく》するようなことをするなんて……」

中富が言葉を呑み込み、声と肩を震わせた。

「なぜ、森野君が橋爪先生のゴーストだったなんて……しかも、それをネタに橋爪先生を脅迫していたなんて、あんなでたらめを書くんですか⁉　森野君だけじゃありませんっ。脇坂先生は、当時アシスタントだった島崎君まで出して、森野君とともに橋爪先生を脅していたふうに書くなんて……」

ふたたび中富が言葉を切り、唇を噛んだ。

「君までそんな素人みたいなことを言うなんて、残念だよ」

脇坂が、小さく首を振りながらため息を吐いた。

「残念なのは、私のほう……」

「仮にも文芸出版社の編集長の職にある者が、文学がなんたるものかわからないそこらの記者と同じようなことを言ってどうする！　優れた文学というものは、ノンフィクションを超えたフィクションだ。作家はみな、多かれ少なかれなにかの出来事や現象に影響と刺激を受けて創作しておる。『山小屋少女監禁事件』、『幼子ドラム缶虐待事件』、『少年リンチ殺人事件』……この五年だけで、想像を絶する凄惨な殺人事件がいくつも起きている。『上用賀バラバラ殺人事件』もその中の一つだ。わしの作品の発想に、潜在意識に刷り込まれたそれらの事件が影響していることは否定はせん。逆を言えば、『上用賀バラバラ殺人事件』は数多い殺人事件の中の一つに過ぎないということじゃ。中富君、作家をちまちました常識で縛ったら駄作しか描けなくなる。編集長なのに、そんなこともわからんのか！」

脇坂が中富を一喝する怒声が、会見場に響き渡った。

「話をすり替えないでくださいっ。先生はいま、『上用賀バラバラ殺人事件』を数多い殺人事件の中の一つに過ぎないとおっしゃいましたが、『遺書』には橋爪先生、森野君、島崎君を想起させる主要人物が出てきます。名前も、職業も、身体的特徴も酷似していて、フィクションというにはあまりにも……」

「橋本健三郎は橋爪健太郎がモデルか？　森山は森野君がモデルか？　崎島のりこは島崎梨乃が

モデルか？　そんなに知りたいなら答えてやろう。彼らも森山が橋本健三郎のゴーストであることをネタに脅していたというのも、すべてわしの創作じゃ。故人や橋爪君や島崎君が名誉を傷つけられたというのなら、訴えるなりなんなりするがいい。わしが本当に名誉毀損を犯したなら、司法が裁いてくれるじゃろう」

脇坂が自信に満ちた表情で言いながら、中富を見据えた。

「恥ずかしくないんですか⁉」

それまで黙っていた梨乃が、咎める口調で脇坂に詰め寄った。

「ほう、わしがなにを恥じるのかね？」

脇坂が、ふてぶてしい顔を梨乃に向けた。

「盗人猛々《ぬすっとたけだけ》しいにも、程があります！」

梨乃が、脇坂を指差した。報道陣から、どよめきが起こった。

「ついこないだまで森野君の雑用係だった君がわしに意見するなど、ずいぶんと立派になったものだな。どうやら君は、森野君のおこぼれで成功したことを自分の実力だと勘違いしているようだから教えておこう。君が自らの手で一から売り出した作家は誰一人いないということをな」

脇坂の言葉に、梨乃が血相を変えた。

「あなたに、そんなことを言われる筋合いはありません！　私のほうこそ、脇坂先生に教えてあげます」

「森野君のコバンザメだった君が、『春木賞』作家のわしになにを教えるというんだね？」

「それです、それ。二言目には『春木賞』作家だと言いますけど、もう十五年も昔の話ですよね？　失礼ですが、それ以降、ベストセラーになった作品はありますか？」

　ふたたび、報道陣がどよめいた。

「おい、島崎君、いくらなんでもそれはまずい……」

「私の記憶が正しければ『春木賞』の受賞以降、脇坂作品はベストセラーどころか重版になった作品もないはずです」

　制止しようとした中富を押し退け、梨乃が言った。

「なんじゃと？」

　今度は脇坂が血相を変えた。

「島崎君、もう、そのへんに……」

「編集長は、悔しくないんですか⁉　悪意に満ちた作品で、『どんぐり出版』の編集者と橋爪先生が犯罪者扱いされているんですよ⁉」

「君の気持ちはわかるが、脇坂先生もウチの出版社でお付き合いがあるわけだし……」

「在庫が余って返品の山になる作品ばかりですよね？『春木賞』がウチの作品なら感謝しますが、脇坂作品は『どんぐり出版』で赤字しか生み出していません」

　梨乃の発言に、会見場の空気が凍てついた。

「島崎君、作家先生に向かってその言い方は……」

「君は文学というものを、まったくわかっておらん」

　中富を遮り、脇坂が言った。

「ええ、出版するたびに赤字を出し続ける文学なんて、わかりたくもありません」

梨乃が腕を組み、鼻を鳴らした。

「なんじゃと⁉　これ以上、わしの文学を愚弄《ぐろう》することは許せん！」

気色ばんだ脇坂が、テーブルを掌で叩き立ち上がった。

「脇坂先生が認めたくないようだから、『遺書』を出版した理由を私が教えて差しあげます！　万年初版作家と揶揄されていた橋爪先生は、森野さんとの出会いで一躍ベストセラー作品を生み出した。一作だけでなく、出す本出す本が話題作となり重版がかかった。一方、『春木賞』の受賞後鳴かず飛ばずの脇坂先生は、苦々しい思いで橋爪先生の活躍を眺めていた。自分に媚びへつらっていた編集者達が格下扱いしていた橋爪先生に原稿を書いて貰おうと躍起になる様を見て、『春木賞』作家のあなたのプライドはズタズタになった。とどめは、森野さんの七回忌に開かれた偲ぶ会で、冒頭の挨拶を橋爪先生がしているのを見たことです。脇坂先生は、橋爪先生の名声を地に堕《お》とすために『遺書』を書くことを決意した。同時に、脇坂先生も久々に脚光を浴びることができる。つまり、『遺書』は、凋落《ちょうらく》した作家の嫉妬心と過去の栄光を取り戻すために書かれた悪意に満ちた作品なのです！」

梨乃の独演に、会見場が水を打ったように静まり返った。

脇坂の拍手する音が、静寂な空間に鳴り響いた。

「君は編集者ではなく、ミステリー作家になったほうがよかったんじゃないのかね？　だが、リアリティのないディテールは読者にソッポを向かれてしまう。残念ながら、君の推理は外れておる。いいかね？　たしかにわしは、『春木賞』を超える傑作を生みだしてはおらん。だからといって、担当編集者の言いなりになって読者に迎合《げいごう》した駄作を恥ずかしげもなく世に出し続ける橋爪君を、羨ましく思ったことも嫉妬したこともない。そもそも、わしと橋爪君を同じ括《くく》りにしていること自体が君の勘違いだ。作家同士といっても、わしの生み出す作品は文学であり彼のは大衆作品だ。料理でたとえるならば脇坂作品は手間暇かかった一流ホテルの鉄板焼きで、橋爪作品はすぐにできて安価な牛丼……それくらいの違いがある。わかるかな？」

脇坂が、小馬鹿にしたように言った。

「誰も食べない鉄板焼きより、私は行列ができる牛丼のほうを選びます」

梨乃が皮肉っぽい口調で切り返し肩を竦めた。

「それはそうじゃろう。扇情的な肉体を使って手に入れた原稿の価値が暴落したら、困るだろうからな」

脇坂が意味深に言うと、卑しく笑った。

「どういう意味よ⁉　私が枕営業をしてるとでも言いたいの⁉　過去の栄光に縋《すが》る落ち目の作家が、偉そうなことばかり言ってるんじゃないわよ！」

「島崎君っ、やめなさい！」

血相を変えて壇上の脇坂に詰め寄る梨乃を、中富が抱き留めた。

「さすがは、色仕掛けで仕事を取るだけあって言動にも品がないのう」

脇坂が、挑発的に言った。

「はぁ⁉　ふざけるんじゃないわよ！　出版界で、あんたがなんて言われてるか知ってる⁉　出がらし作家……つまり、もう、終わった作家って意味よ！」

罵声を浴びせた梨乃が、脇坂を指差し高笑いした。

「言い過ぎだ！　くるんだ！」

中富が強引に、梨乃を会場の出口へと引っ張った。

「橋爪先生を蹴落としたいからって、恥を知りなさいっ、恥を！」

捨て台詞を残した梨乃が、会場から連れ出された。

「みなさん……お騒がせしました。では、このへんで、記者会見を終了させて……」

石塚が言い終わらないうちに、一夫は手を挙げた。

「申し訳ありませんが、記者会見は終了と……」

「いいではないか。彼は、わしの親戚みたいなものじゃよ。一夫君、いいぞ」

脇坂が、石塚を制して一夫を促した。

「海山新聞の山野一夫です」

一夫は立ち上がり、名乗った。

「なにが訊きたいんだね？」

脇坂が、それまでの記者にたいしてとは違いリラックスした柔和な表情を一夫に向けた。

「五歳の僕が脇坂先生に、おじさんは正しいことをやってるの？　と訊ねたらなんて答えますか？」

「え……」

脇坂の微笑みが固まった。

「脇坂先生の心の中で、答えてください。では、質問を終わります」

一夫は一方的に言い残し、会見場をあとにした。

6

日曜の午前九時。山野家の茶の間。食卓を囲む泰平、稲、早苗、正夫、達夫の視線が、テレビに集まった。

若菜は、記者席が映るたびに一夫の姿を探した。

「脇坂先生の記者会見、始まるわよ。凄い記者の数ね！　ねえ？　母さん」

早苗が興奮気味に、泰平の納豆を混ぜている稲に言った。

「そうね。さすがは『春木賞』作家ね」

稲が、泰平の前に納豆の小鉢を置いた。

泰平が咳払いをした。

「ああ、やっぱり、脇坂先生の影響力は凄いですねぇ～。本を出しただけで、こんなに記者が集まるんですから～。しかも生放送。ねえ、お義母さん」

正夫が興奮気味に、早苗の納豆を混ぜている稲に話を振った。

「そうね。さすがは『春木賞』作家ね」

稲が、早苗の前に納豆の小鉢を置いた。

泰平が咳払いをした。

「脇坂のおじさんは、有名人だね！　僕、お祖父ちゃんと同じで普通のお年寄りかと思っていたよ。ねえ、お祖母ちゃん」

達夫が興奮気味に、若菜の納豆を混ぜている稲に話を振った。

「そうね。さすがは『春木賞』作家ね」

稲が、若菜の前に納豆の小鉢を置いた。

泰平が大きな咳払いを二度した。

〈お忙しい中、脇坂宗五郎先生の『遺書』の刊行記念記者会見にお集まりくださりありがとうございます。本日、会見の進行を務めさせていただく『早雲出版』の石塚と申します。まことに勝手ながら、会見時間の都合により一社につき一つのご質問とさせて頂きますのでご了承ください。ご質問は挙手制でお願い致します。では、これより、ご質問を受け付けさせて頂きます〉

「そうかのう。わしは脇坂先生が凄いというより……」

「あ、始まるわよ！　一夫は、どこにいるのかしら⁉　ねえ、母さん」

早苗が泰平の言葉を遮り、達夫の納豆を混ぜている稲に話を振った。

「そうね。どこにいるのかしらね」

稲が、達夫の前に納豆の小鉢を置いた。

泰平が咳払いをした。

「あ！　一夫兄さん、いたよ！」

達夫がテレビを指差した。

「どこどこ⁉」

早苗が身を乗り出し、テレビを凝視した。

「前から五列目……ほら、あそこだよ」

達夫が指差す先に、一夫がいた。

「あっ、いたいた！　でも、どうして一夫は手を挙げないのかしら？　ねえ、母さん」

早苗が、自分の納豆を混ぜる稲に訊ねた。

「そうね。どうして手を挙げないのかしらね」

稲が、納豆の小鉢を自分の前に置いた。

泰平が咳払いをした。

「父さん、さっきから咳ばかりしてるけど風邪でも引いたの？」

早苗が、泰平に訊ねた。

「いや。それより、報道陣はよほど暇と見える。たかだか暴露本が出ただけじゃないか？」

泰平が言った。

「暴露本ではなく文学ですよ」

稲が納豆をご飯にかけながらぼそりと言った。

「なにが文学……」

「始まるから静かに！」

泰平の言葉を早苗が遮った。

〈単刀直入にお訊ねします。『遺書』で脅されている作家は橋爪健太郎先生で、脅しているのは『上用賀バラバラ殺人事件』の被害者である森野啓介さんがモデルですか？〉

黄色のネクタイをした男性記者が質問した。

「本当に、ひどい話じゃ。森川なる編集者が橋本健三郎という作家のゴーストライターをしていて、バラされたくなかったら金を払えと脅し、追い込まれた橋本が森川を殺害するというような物語じゃが読んだか？」

泰平が、稲に訊ねた。

「ええ、読みましたよ」

稲が言うと、納豆ご飯を掻き込んだ。

「感想は？」

「面白かったですよ」

稲は言うと、納豆ご飯を掻き込んだ。泰平の、味噌汁を口もとに運ぶ手が止まった。

「面白かったじゃと？　啓介が橋爪先生を脅迫していたように書かれておるんだぞ⁉」

「森野啓介さんじゃなくて、作中で森川さんが橋本健三郎先生を脅しているんですよね？」

稲が物静かに言うと、白米をお代わりして納豆をかけた。

「なんじゃと⁉　母さん、それ、本気で言っておるのか⁉　名前の一部を変えとるだけで、仕事からなにからなにまで啓介と橋爪先生のことを言っておるも同然じゃろう⁉　啓介が犯罪者扱いされておるんじゃぞ⁉　死人に口なしだからといって、こんな冒瀆が許されても……」

〈君は、無粋な男だなぁ。女性にモテないだろう？　デートのときにレストランに入っても、一人でさっさと食べたい物を注文してしまうタイプじゃないのか？〉

テレビから流れる脇坂の声に、泰平が怒声を呑み込んだ。

〈いいえ、こう見えても僕はレディファーストです。それより、質問の答えを聞かせて貰ってもよろしいですか？〉

〈わしは創作者だ。それが答えじゃよ〉

「な〜にが、わしは創作者だ、じゃ。芸術家ぶりおって」

泰平が吐き捨て、ほうじ茶を啜った。

「脇坂先生は小説家だから、芸術家でしょう」

稲が物静かな口調で言うと、納豆ご飯を掻き込んだ。

「母さん、さっきから、やけに脇坂先生を庇うじゃないか⁉」

「あら、父さん、でも、小説家は芸術家といっていいんじゃないかしら？　ねえ、あなた」

早苗が味噌汁を飲む手を止めて言うと、正夫に話を振った。

「あ、いや……そんな気もするけど、お義父さんのいうように芸術家というのとはちょっと違う気もするし……」

正夫が、泰平と稲の顔色を窺いながら曖昧《あいまい》に言葉を濁した。

「もう、はっきりしないわねっ。どっちなのよ！」

早苗が正夫に詰め寄った。

「あ！　新しい質問者に脇坂先生が答えてるよ！」

正夫が、話題を逸らすようにテレビを指差した。

〈『遺書』に出てくるベストセラー作家の橋本健三郎は橋爪健太郎氏で、担当編集者の「くるみ出版」の森山は「どんぐり出版」の森野啓介氏のことか？　という質問にたいしての答えは、イエスでもありノーでもあるということじゃ〉

「また、気取ったことを言いおって」

泰平が、ボリボリとたくあんを噛みながらテレビに向かって吐き捨てた。

「だいたい、なんじゃあの紋付き袴は？　目立とうとしおって」

「この記者会見は、脇坂先生が主役ですからね」

稲が物静かな口調で言うと、白米をお代わりして納豆をかけた。

「なんじゃと⁉　どうしてさっきから、脇坂先生を庇うんじゃ⁉　もしかして、母さん、脇坂先生に気があるんじゃなかろうな⁉」

「なに馬鹿なことを言ってるの⁉　いい年して脇坂先生にヤキモチ焼いているの？　みっともないと思わない？　ねえ？　あなた」

早苗が味噌汁を飲む手を止め、正夫に話を振った。

「い、いや……お義父さんはお義母さんのことでヤキモチ焼いてるんじゃなくて、脇坂先生が注目を浴びていることにヤキモチを焼いてるんだよ。そうですよねぇ～、お義父……」

鬼の形相の泰平を見た正夫の顔が強張った。

「あ……いえ……あの……その……」

動転した正夫の舌が縺《もつ》れた。

「正夫君、それはどういう意味……」

〈……文学とは、誰のものかね？〉

「あ！　脇坂先生が質問に答えます！」

正夫がテレビを指差し、話題を逸らした。

〈文学とは、誰がためのものなのかを聞いているんじゃよ〉

テレビの中では、脇坂が記者に逆質問していた。

〈それは、作家さんのものかと……〉

〈馬鹿もん！　文学は読者のものじゃろうが！〉

脇坂が濁声で記者を一喝した。

〈だから、読者がノンフィクションだと思えば実話、フィクションだと思えば創作……それが、さっきの質問にたいするわしの答えじゃよ〉

脇坂が、得意げにカメラ目線で言った。

稲がテレビに顔を向けたまま、納豆ご飯を掻き込む箸を止めた。

「なんじゃ？　どうして箸が止まっておる？　おい母さん、いま、なにを考えておるんじゃ⁉」

泰平が、稲を問い詰めた。

「いいえ、別になんでもありませんよ」

稲は物静かな口調で答えると、ふたたび納豆ご飯を掻き込み始めた。

「こんな詐欺師みたいな男の言葉に、心を動かされておるんじゃなかろうな⁉　こやつは読者に判断を任せるとか恰好をつけたことを言いながら、核心をごまかしておるんじゃ！　啓介や橋爪先生をモデルにしたのか、『上用賀バラバラ殺人事件』をモチーフにして書いたのかという質問の答えにはなっておらんじゃないか！」

泰平が、顔を朱に染めて怒声を上げた。

「たしかに、父さんの言うこともわかるわ」

早苗が泰平に同調した。

「だってさ、脇坂先生がなにを言っても、『遺書』を読んだ人は啓介さんが橋爪先生のゴーストライターをやっていて、そのことをマスコミにバラすと言ってお金を脅し取っていたとか、橋爪先生が脅迫されることを苦に啓介さんの殺害を決意したとか……つまり、『上用賀バラバラ殺人事件』の犯人は橋爪先生だって言ってるようなものでしょ？　創作か創作じゃないかの判断を読者に任せるとかの問題じゃないと思うわ」

早苗が言うと、泰平が嬉々とした顔で何度も頷いた。

「なんか、脇坂先生にはガッカリしちゃった……っていうか、許せないわっ。橋爪先生のこともそうだけど、啓介さんを彷彿とさせる人物を登場させて脅迫させるなんて！　あれじゃまるで、啓介さんが殺されたのは自業自得みたいな印象になるじゃないっ」

早苗の声は震え、目尻が吊り上がっていた。

「まあまあ、気持ちはわかるが、そのへんにしておいてやれ。脇坂先生にも事情があるんじゃろう。この十数年は目立った作品も出しておらんようだし。片や橋爪先生は啓介が担当についてから飛ぶ鳥を落とす勢いじゃからな」

一転して、泰平が脇坂を擁護した。

「ようするに、嫉妬でしょ⁉　余計に悪いじゃないっ。過去の人になった作家が旬の作家にジェラシーを覚え著書を使ってイメージダウンを図《はか》るなんて、女々しいったらありゃしないわ！」

早苗の怒りの炎は、風に煽られた山火事のように燃え広がった。

「まあまあまあ、脇坂先生のことを悪く言うのは、もうそのへんにせんかぁ～。いくら『春木賞』以降ヒット作に恵まれていなくて落ち目の作家になったからといっても、後輩作家に嫉妬して暴露本もどきの小説を書くはずがないじゃろう。なあ、君はどう思うかね？」

泰平は、いきなり正夫に話を振った。

「え⁉　ああ、物語に出てくる森山君が啓介君だと思えば腹が立ちますが、『遺書』はフィクションですからね～」

正夫が呑気な口調で言った。

「そうかそうか～、君も脇坂先生に悪意はないと思うか～。ほれ、早苗、正夫君もこう言っておるじゃないか？　落ちぶれた脇坂先生が橋爪先生を妬《ねた》んで『遺書』で復讐なんぞするわけないとな。のう？　そうじゃろう？　正夫君！」

泰平が、掌を何度も正夫の背中に叩きつけながら豪快に笑った。

「あ……お義父さん……い、痛いです……」

正夫が顔を歪め、蚊の鳴くような声で訴えた。

「正夫さんは、わかってないわね！　フィクションだったとしても、ここまで実在する人物と酷似したキャラクターを出せば、啓介さんや橋爪先生が実際にそういうことをやったじゃないかと読者が思うって話よ！　もし、川野正男というあなたに名前と年恰好がそっくりで職種も同じキャラクターが出てきて、下着泥棒や痴漢ばかりするシーンが描かれていたら見過ごせる？　あなたを知っている人達が読めば、もしかしたら正夫さんがそういうことをしているのかもしれない、って疑う人も出てくるのよ？　他人事だと思って軽々しくフィクションだからとかいう前に、自分に置き換えてみてから物を言ったほうがいいわっ」

早苗に強い口調で窘められた正夫がうなだれた。

「まあまあまあまあ、早苗、そう正夫君を責めんであげてくれ。正夫君はただ、脇坂宗五郎ともあろう作家が、いくら過去の人になったといっても、橋爪先生や啓介のことを意図的に貶めて自分が脚光を浴びようなどと考える浅ましく卑しい人間じゃないと言っておるんだよ」

泰平が、上機嫌な顔で正夫を擁護した。

「こうやって大勢の報道陣が集まるんですから、過去の人じゃないと思いますけど」

稲が物静かな口調で言うと、白米をお代わりして納豆をかけた。

「なんじゃと⁉　あんな暴露本を出せば、わしだってこれくらいの報道陣は集まるわ！」

泰平が、口もとに運びかけた湯飲み茶碗の底で卓袱台を叩いた。湯飲みから溢れたほうじ茶が卓袱台を濡らした。

「お祖父ちゃん、最近、テレビ出ないね？　僕がちっちゃい頃は、たくさん出てたのに。もう出ないの？」

達夫が、スマートフォンを弄《いじ》りながら訊ねた。

「そ、それはじゃな……」

「タッちゃん、お祖父ちゃんはね、仕事が忙しくてテレビに出られないんだよ。それより、ご飯中はスマートフォンをやめたほうがいいよ。消化に悪いからね」

正夫が泰平に助け船を出し、遠慮がちに達夫に言った。

「お祖父ちゃん、もう仕事は辞めてるじゃないか。テレビの人に飽きられたの？」

達夫が、スマートフォンをシングルタップしながら訊ねた。

「な、なにを言うんじゃ。わしはな……」

「タッちゃん、飽きられたのは事件で、お祖父ちゃんが飽きられたわけじゃないんだよ。それより、ご飯中はスマートフォンをやめたほうがいいよ。消化に悪いからね」

正夫が泰平に助け船を出し、遠慮がちに達夫に言った。

「こういうの使い捨てって言うんでしょ？」

達夫が、スマートフォンをフリックしながら訊ねた。

「つ、使い捨て⁉　わしがテレビに出なくなったのはじゃな……」

「タッちゃん、お祖父ちゃんは使い捨てられたわけじゃなくて、事件を報じなくなったから出演しなくなっただけだよ。お祖父ちゃんは、芸能人ではないからね。それより、ご飯中はスマートフォンをやめたほうがいいよ。消化に悪いからね」

正夫が泰平に助け船を出し、遠慮がちに達夫に言った。

「だから、事件の人気がなくなったから、お祖父ちゃんの人気もなくなったんでしょ？」

達夫が、スマートフォンをスワイプしながら訊ねた。

「えっ……いや、そういうわけじゃなくてのう……」

「タッちゃん、お祖父ちゃんは芸能人じゃないんだから、啓介おじさんの事件が報じられないのにテレビに出続けるほうがおかしなことなんだよ。それより、ご飯中は……」

「何度も同じことばかりうるさいよ！　そんなにしつこく言われたほうが、消化に悪いよ！」

達夫がスマートフォンをダブルタップしながら、正夫に反論した。

「そ、そうだよね〜」

正夫が頭を掻き、愛想笑いをした。

「つまり、お祖父ちゃんは普通の人で脇坂先生は有名な人ってことだよね？」

スマートフォンをタップしながらの達夫の問いかけに、泰平の顔がみるみる紅潮した。

「そ、それは違うぞ、タッちゃん。わしが出演していたワイドショーや情報番組は視聴率が二十パーセントを超えておったそうじゃ。たとえば、タッちゃんの好きな『ＡＧＢ49』のセンターの子……なんという名前じゃったっけ？」

『小春ひよりちゃん』

達夫が、スマートフォンをスクロールしながら答えた。

「ああ、そうじゃった」

「お祖父ちゃん、知らないでしょ？」

達夫が、スマートフォンをピンチしながら突っ込んだ。

「小春日和《びより》くらい、知っとるわい」

『小春ひよりちゃんだよ。もういいから、話を続けて』

達夫がスマートフォンをロングタップしながら訂正し、泰平を促した。

「……その、小春なんちゃらが主演した話題のドラマも視聴率が十二パーセントで、早苗が好きなアイドルグループの平成……ええっと……」

「『平成ロケット』の川田秀介君！」

早苗が瞳を輝かせ声を弾ませた。

「なんだい？　君は、あんなアイドルグループが好きなのかい？　そんな話、初めて聞いたよ。なんか、意外だな〜。まさか、君が年下の、しかも十代の男の子のファンだったなんてさ。君も、案外、ミーハーなところがあったんだね〜」

正夫が、遠回しに皮肉を並べた。

「あら！　ミーハーじゃいけない？」

「いけなくはないけどさ、三十九の人妻が自分の息子と変わらない十七、八の男の子を好きだっていうのは……ちょっと……ねえ？」

「いーじゃないの。秀介君、超かわいいんだから！　あの上目遣いでみつめられたら、母性本能がキュンキュンしちゃうわ〜」

早苗が、うっとりした声で言った。

「キモ」

達夫が呟いた直後に、早苗が思い切り頭を平手ではたきスマートフォンを取り上げた。

「なにするんだよ……返してよ」

達夫が、頭を擦りながら不満げに言った。

「父さんが何度も何度も注意してるのにやめないからよ！　しばらく没収するから、勉強してきなさい！」

「は⁉　ふざけんなよ！」

達夫が気色ばみ、声を荒らげた。

「タ、タッちゃん……そういう口の利きかたはどうかと……」

「ふざけんなよじゃないわよ！　誰に向かって口を利いてるの！」

今度は、早苗の拳が達夫の頭頂に叩きつけられた。

「痛いじゃないかっ、クソババア！」

達夫が早苗を睨みつけて罵声を浴びせた。

「まあ……クソババアですって！　あなた、なんとか言ってよ！」

早苗が、正夫に命じた。

「タ、タッちゃん……どうしたんだい？　む、昔は、そういう言葉遣いをする子じゃなかっただろう？」

「うるせえ！　だいたい、親父が悪いんだろう！　スマホのことでごちゃごちゃウザいこと言うから！」

達夫が、怒りの矛先を正夫に向けた。

「えぇーっ……」

正夫がレンズの奥の眼を見開き、裏返った声を上げた。

「いい加減にしなさい……」

早苗が拳を振り上げると、達夫が茶の間から飛び出した。

「まったく、いつからあんな反抗的な子になったのかしら！　あなたのせいよ！　正夫さんが嫌われたくないからって甘い顔ばかりしてるから、達夫がつけ上がるんじゃないっ。もっと、父親らしい威厳を示してくれなきゃ！」

早苗のダメ出しの嵐に、正夫は耳朶を赤くして俯くばかりだった。

「まあまあ、そのへんで正夫君を許してやりなさい。それより、話の続きじゃが、大人気の平成なんちゃらの川田なんちゃらが主演の連ドラの視聴率が十四パーセント弱じゃったから、わしの叩き出した二十パーセントという視聴率は……」

「達夫が親にあんな言葉遣いをしたことを注意するより、ご自分の視聴率自慢のほうが大切ですか？」

稲が物静かな口調で言いながら、納豆ご飯を掻き込んだ。

「おい！　いい加減にせんか！」

泰平の怒声が、茶の間の空気を切り裂いた。

「わしに不満があるならあるで、はっきり言えばどうじゃ！」

「あ！　お義父さん、『どんぐり出版』の編集長が脇坂先生とやり合ってますよ」

正夫が、話題を逸らすようにテレビを指差した。

〈話をすり替えないでくださいっ。先生はいま、『上用賀バラバラ殺人事件』を数多い殺人事件の中の一つに過ぎないとおっしゃいましたが……〉

編集長の中富が、厳しい口調で脇坂に抗議していた。

〈橋本健三郎は橋爪健太郎がモデルか？　森山は森野君がモデルか？　崎島のりこは島崎梨乃がモデルか？　そんなに知りたいなら答えてやろう。彼らも森山が橋本健三郎のゴーストであるこ

とをネタに脅していたというのも、すべてわしの創作じゃ……〉

相変わらず脇坂は、のらりくらりと追及をはぐらかしていた。

「もう、我慢ができん！」

突然、泰平が早苗が取り上げた達夫のスマートフォンを鷲摑みにした。

「あ、父さん、どこに電話をするのよ⁉」

泰平が、朝刊紙をみながらたどたどしい手つきで番号キーをタップした。

「もしもし、『富士テレビ』さんかね？　脇坂宗五郎先生の記者会見を生中継しておる情報番組……『朝生ズバリ！』に繫いでくれんか？」

「お父さんっ、やめなさいよ！」

スマートフォンに伸ばした早苗の手を、泰平が振り払った。

稲は、涼しい顔で納豆ご飯を搔き込んでいる。

「もしもし？　わしは視聴者じゃが、この記者会見をいますぐ中止せんか！」

「お、お義父さん、生中継を中止させるなんて無理ですよ……」

正夫が、遠慮がちに言った。

「わしか？　わしは、『上用賀バラバラ殺人事件』で殺害された森野啓介の伯父じゃ。昔、『テレビ桜』で『リアル磯野家』というドキュメンタリー番組をやっていたのを覚えておるか？　古き良き昭和の伝統を現代に継承している家族としてシリーズ化された人気番組じゃ。おお、知っておるか！　そりゃそうじゃのう。最高視聴率三十五パーセント超えを記録したお化け番組じゃからな！」

泰平が、得意げな表情で言った。

「父さんっ、なんの話をしてるのよ！　恥ずかしいから、もう、やめてちょうだい！」

ふたたびスマートフォンを取り上げようとした早苗の手を、泰平は振り払った。

「わしが何者かわかったなら、即刻記者会見の放映を打ち切るんじゃ！　理由？　そんなもん、決まっておるだろう！　あのインチキ作家は、橋爪健太郎先生にたいしての嫉妬心から、わしの甥の啓介を悪人に仕立て上げた小説を刊行し、あろうことか全国放送で記者会見まで開いておる！　残された遺族のことを考えてみなさい！　こんな悪意に満ちたでたらめな小説を出されたら、無残に殺された上に墓を暴かれて冒瀆されたようなものじゃ！　即刻中止しないと、わしにも考えがある！」

怒髪天《どはつてん》を衝《つ》く勢いで、泰平が送話口に怒声を浴びせた。

「お、お、お義父さん……やめましょう……」

正夫が早苗の眼を気にしながら、怖々と言った。

「なに⁉　中止はできんじゃと⁉　わしの話を聞いていなかったのか⁉　いま、公共の電波を使ってでたらめを垂れ流しているインチキ作家は、無実の橋爪健太郎先生と亡くなった森野啓介及び当時アシスタントじゃったお嬢さんをなんの根拠もなく一方的な私怨で犯罪者扱いしておるんじゃぞ！　いいか⁉　インチキ作家のやっておることは、名誉毀損で訴えられてもおかしくないことだ！　事と次第によっては……あ、こら！　もしもし⁉　もしもし⁉　もしもし⁉　もしもし⁉　もしもし⁉　もしもし⁉」

泰平が、スマートフォンに向かって壊れたレコーダーのように執拗に呼びかけた。

「父さん、いったい、どうしちゃったのよ⁉　そんなに、むきになることじゃないでしょう⁉　自分でなにをやってるかわかってるの⁉」

早苗が、厳しい口調で泰平に詰め寄った。

「むきになることじゃろう！　啓介が冒瀆されておるんだぞ⁉　お前も言っておっただろう！　啓介が殺されたのが自業自得みたいに書かれて許せない、とな！」

泰平が卓袱台を掌で叩き、口角泡を飛ばした。

「だからって、生中継を中止しろなんてテレビ局に抗議するのはやり過ぎよ！」

早苗も退かずに抗議した。

「なにがやり過ぎなものか！　妙子の気持ちも考えてみろ！　なあ、若菜、そう思わんか⁉」

若菜は答えず、脇坂と女性編集者が揉めるテレビを無言で観ていた。

「とにかく、やめて！」

早苗が、泰平の手から素早く達夫のスマートフォンを取り上げた。

「わしはやめんぞ！」

泰平は立ち上がり、簞笥《たんす》の抽出しから自分のガラケーを取り出した。

「父さん！　正気なの⁉」

早苗も立ち上がり、ガラケーに手を伸ばした。泰平が早苗に背を向け、番号ボタンをプッシュした。

「いま電話した森野啓介の伯父で、社会現象になった人気ドキュメント番組『リアル磯野家』の家長の山野泰平じゃ！　インチキ作家の生記者会見を中止しろと言ったんじゃが、女が切りおった！　名前なんぞ聞いておらん。もう、その女はどうでもいい！　番組のプロデューサーを呼びなさい！　下っ端じゃだめだっ。チーフじゃ、チーフ！　なに⁉　お前が話を聞くじゃと⁉　お前じゃ話にならん！　チーフプロデューサーを呼ばんか！」

泰平がガラケーを耳に当てたまま、檻《おり》の中の熊のように茶の間をぐるぐると歩き回った。ガラケーのボディからは微かに、「エリーゼのために」が漏れていた。

稲は、黙々と納豆ご飯を掻き込んでいた。

「おお、ようやくおでましか。あんた、番組のチーフプロデューサーか？　どういったご用でしょうか、じゃと⁉　わしは記者会見でインチキ作家が悪人に仕立て上げた『上用賀バラバラ殺人事件』の被害者である森野啓介の伯父であり、最高視聴率三十五パーセント超えを記録した人気ドキュメント番組『リアル磯野家』の家長の山野泰平じゃ！　だから、どういったご用でしょうか、じゃと⁉　お前は、わしを馬鹿にしておるのか！　いまお宅の番組で記者会見を開いているインチキ作家はな、『遺書』で憐れな被害者の甥っ子を脅迫犯として書いておるんじゃぞ！　いますぐに、放映を中止……なんじゃと⁉　中止にできんだと⁉」

泰平のこめかみと首筋に、芋虫さながらの太い血管が浮いた。

「お宅がそういう考えなら、わしにも考えがあるっ。『朝生ズバリ！』を名誉毀損で訴えてやる！ん……なに⁉　お好きにどうぞじゃと……脅しじゃなく、わしは本気じゃぞ！」

「あなた！　黙ってないで父さんを止めて！　正夫さんがそんな弱腰だから達夫も親を馬鹿にするようになったんだから、ビシッと決めることは決めてよ！」

早苗が、正夫を叱責した。

「いや……でも、たしかにお義父さんの言うように啓介君の名誉を考えるとだね……」

「さっきはフィクションだからって呑気に言ってたじゃない！」

「わ……わかったから……そう怒らないでくれよ。あ、あの……お義父さん……」

「馬鹿もーん！　お前らは、公共の電波の持つ力の恐ろしさがわからんのか！」

泰平のチーフプロデューサーにたいしての怒声に、正夫が首を竦めて眼を閉じた。

「お前らテレビ屋は、視聴率さえ稼げればなんでもやりおる！　お前らは数字を伸ばすために、より刺激的に、より衝撃的にと考えて番組作りをしておるが、そのせいで世間から白い眼で見られて自殺にまで追い込まれる者もおるんだぞ！　その報道に関して最後まで責任を持つならまだましじゃが、子供が飽きたおもちゃに見向きもせんようになるのと同じように、ジゴロが弄んだ女を捨てるのと同じように、使い捨てにするじゃろうが！　『遺書』の影響で、橋爪先生はもちろんのこと、そのご家族がどんな思いをするか……啓介の奥さんがどんな思いをするか……考えたことがあるのか！」

泰平が、涙ながらにチーフプロデューサーを一喝した。

「父さん、そこまでみんなのことを考えていたのね……」

さっきまでと一転して早苗は、感極まった表情で涙ぐんでいた。

稲は空《から》になった茶碗を卓袱台に置いて両手を合わせ、ほうじ茶を飲んだ。

「使うかい？」

正夫が差し出したティッシュペーパーで、早苗が洟《はな》をかんだ。

〈脇坂先生が認めたくないようだから、『遺書』を出版した理由を私が教えて差しあげます！

万年初版作家と揶揄されていた橋爪先生は、森野さんとの出会いで一躍ベストセラー作品を生み出した。一作だけでなく、出す本出す本が話題作となり重版がかかった。一方、「春木賞」の受賞後鳴かず飛ばずの脇坂先生は、苦々しい思いで橋爪先生の活躍を眺めていた。自分に媚びへつらっていた編集者達が格下扱いしていた橋爪先生に原稿を書いて貰おうと躍起になる様を見て、「春木賞」作家のあなたのプライドはズタズタになった。とどめは、森野さんの七回忌に開かれた偲ぶ会で、冒頭の挨拶を橋爪先生がしているのを見たことです。脇坂先生は、橋爪先生の名声を地に堕《お》とすために『遺書』を書くことを決意した。同時に、脇坂先生も久々に脚光を浴びることができる。つまり、『遺書』は、凋落《ちょうらく》した作家の嫉妬心と過去の栄光を取り戻すために書かれた悪意に満ちた作品なのです！〉

橋爪健太郎の担当編集者である島崎梨乃の発言に、会見場がどよめいた。

「よう言った！」

テレビを横目で観ていた泰平が、嬉々とした顔で叫んだ。

「え……あ、ああ……なんでもない。こっちの話じゃ。いや、まあ、急に放映中止というのも無理な話じゃろうから、このまま続けてもよい」

泰平が、それまでと百八十度言うことを変えた。

「その代わりと言ってはなんじゃが、わしにも発言の場を用意してほしいんじゃ。啓介の伯父として、名誉を回復してやりとうてな。最高視聴率三十五パーセント超えの『リアル磯野家』の家長が出演するとなれば話題性十分でお宅らも数字が見込めるから助かるじゃろう？　わしが記者会見を開けば、インチキ作家なんかより遥かに記者が集まるのは間違いない」

「え……記者会見？　父さん、なにを言ってるの⁉」

涙ぐんでいた早苗の表情が一変した。

「本当は、『リアル磯野家』を放映していた『テレビ桜』に筋を通すべきじゃが、特別に、あんたのために『富士テレビ』の『朝生ズバリ！』さんに独占生中継をさせてやってもいい。『上用賀バラバラ殺人事件』以降テレビ出演を控えておったわしが十数年ぶりに復活するとなれば、視聴率四十パーセント超えも夢じゃないぞ！」

「父さん⁉　電話したのは、それが目的だったわけ⁉」

早苗が血相を変えて泰平に詰め寄った。

「ここだけの話、『平成テレビ』や『テレビニッポン』からも破格の条件でオファーがきとるんじゃよ。じゃが、啓介の名誉が傷つけられた同じ局で汚名を雪《すす》いでやることが一番だと思っておる。いやぁ、お前は本当についておる。わしの出演権を、争わずして得ることができたんじゃからな」

泰平が、恩着せがましく言った。

「父さんっ！　脇坂先生が橋爪先生に嫉妬してたとかなんとか言ってたけど、自分だって脚光を浴びてるのが羨ましくていちゃもんつけてただけじゃない！」

早苗が、泰平を激しく非難した。

「あ、一夫君だよ！」

正夫が、話題を逸らすようにテレビを指差した。

〈海山新聞の山野一夫です〉

〈なにが訊きたいんだね？〉

〈五歳の僕が脇坂先生に、おじさんは正しいことをやってるの？　と訊ねたらなんて答えますか？〉

〈え……〉

〈脇坂先生の心の中で、答えてください。では、質問を終わります〉

一夫が一方的に脇坂に言い残し、会見場をあとにした。

「あ……なにするんじゃ！」

無言で立ち上がった稲が、泰平の手からガラケーを奪い取った。

「父さんも、正しいことをやっていると、一夫に胸を張って言えますか？」

稲は物静かな口調で言うと、茶の間を出ていった。

「なっ……」

泰平は絶句し、稲の背中を見送った。

7

驚いた。信じられない。憤りを覚えた。

これが、脇坂宗五郎先生の記者会見を観た俺の感想だ。

同じ小説家として、彼の言動はまったく理解できない。

勝手にモデルにされた。勝手にエピソードを書かれた。

この手のトラブルは、小説家という職業柄珍しくはない。

数年前にも、隅田万次郎という男性作家が乾癬《かんせん》を患《わずら》う俳優の友人を承諾なしにモデルにした小説を上梓し、裁判沙汰になった事件が記憶に新しい。

だが、『遺書』の場合は同等に語れない。

一番の違いは、隅田先生のモデルにした人物が乾癬であるのは事実だが、脇坂先生のモデルにした橋本健三郎なる作家が「くるみ出版」の編集者の森山に代筆して貰っている件で強請《ゆす》られ、挙句《あげく》の果てには殺人を決意するストーリーはまったくのフィクションということだ。

いや、フィクションであるだけならただの小説だ。

問題なのは、脇坂先生の『遺書』に登場する主要人物の名前、性別、年齢、職業、関係性が現実に存在する人物、職業、関係性と酷似《こくじ》している部分だ。

なにより見過ごせないのは、『遺書』の内容が十四年前に世間を震撼させた「上用賀バラバラ殺人事件」を彷彿《ほうふつ》とさせる内容となっていることだ。

詳細は割愛するが、「どんぐり出版」の敏腕編集者の森野啓介さんがバラバラ死体となって発見された事件で、依然として犯人は捕まっていない。

『遺書』に登場する「くるみ出版」の森山は「どんぐり出版」の森野さんをモデルに、森山に脅されていた作家の橋本健三郎は橋爪健太郎先生をモデルにしているのは明らかだ。

つまり『遺書』は、殺害された森野さんが橋爪先生のゴーストライターであり、金品を強請《ゆす》り、挙句の果てに殺されたという遺族からすれば耐え難い内容になっている。

名誉を汚されているのは、森野さんばかりではない。

『遺書』でゴーストライターを利用していることにされた上に、殺人犯として描かれている橋爪先生にたいしても名誉毀損だ。

著者の脇坂先生は「春木賞」作家として大御所だが、受賞以降の十数年間ヒット作に恵まれなかった。

一方、ゴースト作家&殺人犯にされた橋爪健太郎先生は、文学賞にこそ縁はないが、森野さんが担当編集者になってから飛ぶ鳥を落とす勢いでベストセラー作品を連発している売れっ子だ。

こういう憶測で物を言いたくないが、『遺書』で亡くなった森野さんと遺族の方、橋爪先生を侮辱した脇坂先生にたいしてだから、目には目をの気持ちで書かせて貰う。

脇坂宗五郎先生は、出す本すべてが話題作になる橋爪健太郎先生のことが妬ましくて、揶揄《やゆ》したくて、こんなストーリーの小説を書いたんだと思う。

つまり『遺書』は、脇坂先生の鬱屈した嫉妬心から生まれた悪意に満ちた小説以外のなにものでもない。

これ以上書くと俺が名誉毀損罪で訴えられそうだから、今日はこのへんにしておく。

また明日、遊びにきてくれ！

＊

今日は、マスコミについて俺の持論を語りたい。

マスコミとは本来、権力者が都合よく国民を操れないように監視の眼を光らせ、公正に真実を伝える立場でなければならない。

しかし、近年のマスコミは影響力を持ち過ぎ、視聴率という魔物に餌をやるために事件やスキャンダルを都合のいい箇所だけ切り取り、脚色して報じている。

皮肉なことに、牽制していた権力者にマスコミ自らがなってしまった。

いまやマスコミの力は絶大で、本来、不倫という夫婦の問題のはずのことで一人のタレントを連日徹底的に吊るし上げ、仕事を奪い、顔も知らない無関係な視聴者の前で釈明させた上に頭を下げさせる。

奥さんがかわいそうよ。子供さんの身にもなってごらんなさい。謝罪している姿に誠意を感じないわ……あたかも視聴者は、己が聖人君子とでもいうように不倫タレントを非難する。

調理場で放尿する姿を動画にUPするフリーターの愚行をテレビは連日のように垂れ流し、わけのわからないコメンテーターがしたり顔で諭《さと》した結果、馬鹿な投稿者達はあたかも有名人になったような気分になり新たな愚行を繰り返す。

親の顔が見たいわ。店はどんな指導をしているのかしら？　日本の将来が思いやられるわね……あたかも視聴者は、己が優れた指導者かつ教育者になったとでもいうように苦言を呈す。

生徒を殴った、精神的に追い込んだなどの事件を一方的に取り上げ、現場の教諭がなぜ暴力をふるったかの経緯には一切触れずに声高に体罰反対の剣を振り翳《かざ》す。

信じられない！　なんて教師なの⁉　言葉の暴力も体罰と同じです！　どんな事情があっても、暴力は許されることではないわ……あたかも視聴者は、己が聖職者になったとでもいうように暴力を否定する。

先週英雄扱いしていた力士が酒の席で喧嘩をした事件が起きると、視聴率という魔物の腹を満たすために掌返《てのひらがえ》しで力士を非難する。

あんな凶暴な人と思わなかったわ。酒は飲むもので飲まれちゃだめだよ。せっかく評価していたのに、がっかりしたよ……あたかも視聴者は、己が過去に一度も過ちを犯したことがないとでもいうように上から目線で諭す。

マスコミばかりじゃない。

ＳＮＳの影響力はいまや、テレビや新聞を遥かに凌《しの》ぐといってもいいだろう。

俺が若い頃は毎朝、新聞やテレビから情報を入手していた。だが、いまの世代の者達はスマートフォンのニュースサイトですべてを済ませる。

現実社会との関係性が希薄になった代わりに、ＳＮＳの世界にどっぷりと浸かる者が増えている。

現実社会の人間と触れ合わなくなった代わりに、ＳＮＳの世界で知り合ったネット住人達との関係性が重要になる。

ＳＮＳに書かれていることこそが真実であり、ＳＮＳでの評価がすべてになる。

〈あの店は気に入らない相手の飲食物に店員が鼻糞や唾液を混入している〉

〈あの店の出汁《だし》は野良猫の骨から取っている〉

〈あの店の調理長は昔、Ｏ－１５７で十五人の食中毒死騒ぎを起こした焼き肉店の店長だった〉

〈あの店は飲み残しのワインを注ぎ足し、ボトルだけ変えている〉

いまは、個人の書き込みで飲食店を潰すことが可能な時代だ。

たとえ根も葉もないでたらめであっても、書かれた店はかなりのダメージを被る。

ＳＮＳの世界に真実はいらない。重要なのは、ＳＮＳに書かれたということ、不特定多数のネット住人が読むということ、読んだ人が拡散して中傷が広がり、ある一定数が信じた瞬間に「中傷」はマジョリティの中の「真実」になってしまうということだ。

このブログの読者にわかりやすいように説明すれば、あなたが男性だとして、ゲイだとでたらめを書かれる。家族、友人、知人には直接連絡して否定すればあなたの言葉を信じるだろう。

だがネット住人は、あなたが連絡先を知らない赤の他人が九十九パーセント以上を占める。あなたがフォロワー数の少ないツイッターやブログで、嘘だでたらめだと訂正記事を出しても、家族や友人のように信じてはくれない。

つまり、俺が言いたいのは、直接否定もできずに信じてくれない九十九パーセント以上の人間がゲイだと信じれば、あなたはゲイということになる。

これが、多くの人の思考をコントロールするマスコミやSNSの恐ろしさだ。

そろそろ、連載小説の締め切りをやる時間だから、今日はこのへんにしておく。

また明日、遊びにきてくれ！

＊

797 『遺書』、あちこちのスレッドで意見が対立してるな。
798 797↑フィクションかノンフィクションか？ってやつ？
799 ノンフィクションに一票！
800 俺はフィクションに一票！
801 799・800↑そういう問題？ 私は、脇坂宗五郎が『遺書』を書こうと思った動機のほうが論じられるべきことじゃないかと思うけど？
802 売名行為に一票！
803 橋爪健太郎潰しに一票！
804 嫉妬心暴発に一票！

805　お前ら、全然わかってないな。脇坂先生は、マスコミにたいして警鐘を鳴らしたんだよ。事件が発生してしばらくは、ワイドショーや週刊誌が取り上げていたけど、一ヵ月が過ぎたらほとんど扱わなくなった。新しい事件が起きたらそっちばかりを取り上げて、「上用賀バラバラ殺人事件」はすっかり風化してしまっただろ？　脇坂先生は、そんな移り気なマスコミのありかたに危機感を覚え、自分が悪者になる覚悟で『遺書』を執筆したんだ。

806　805←脇坂宗五郎降臨！

807　805←自作自演の落ち目作家氏ネ！

808　そういうふうに言う馬鹿がいると思った。僕は脇坂先生を好きでも嫌いでもない。だから、庇う必要も好感度を上げる必要もない。ただ、真実を書いてるだけだ。マスコミは、真実を明らかにするというスタンスを取りながら、じっさいは面白おかしくなってくれればそれでいいんだ。ワイドショーは視聴率を、週刊誌やスポーツ新聞は部数を伸ばすためなら、真実なんてどうだっていいのさ。

809　805・808　脇坂じいさん、必死に若者ぶってウケるw

810　805・808←×僕は脇坂先生を好きでも嫌いでもない。○わしは脇坂先生を好きでも嫌いでもない。

811　マジレスしますが、805さんが言うように脇坂先生がマスコミにたいして警鐘を鳴らすというのが目的であったとしても、私は間違っていると思います。物語を読んだ人は「どんぐり出版」の編集者の森野さんは橋爪先生のゴーストをやっていたことを世間に暴露すると脅し、橋爪先生は口封じのために森野さんを殺した……というふうに受け取れる内容になっています。記者会見でも非難されていましたが、『遺書』は橋爪先生はもちろんのこと、故人のことも冒瀆しています。脇坂宗五郎は名誉毀損罪で訴えられたら敗訴確実で『遺書』の印税差し押さえになるぞ藁

812 禿しく同意。

813 811・812↑お前らの言ってることは、記者会見の焼き直しだ。脇坂なんて落ち目作家が橋爪に嫉妬しているとかしていないとか、裁判で勝つとか負けるとかどうだっていい。俺が知りたいのは、『遺書』に書いてあることがフィクションかノンフィクションか……つまり、橋爪健太郎が森野を殺したかどうかの真実を知りたいんだよ。

814 私もそう思う。たしかに、脇坂さんが『遺書』を出版したことは褒められたものではないわ。けれど、目的を見誤らないようにしないとだめよ。テレビもSNSも脇坂さんを売名行為や橋爪さんへの悪意だと叩いているけど、いま、最優先でやらなければならないことは「上用賀バラバラ殺人事件」を迷宮入りさせないことよ。犯人が捕まれば、すべてが解決することよ。橋爪さんが犯人じゃなければ名誉が傷つくことはないし、そのときこそ脇坂さんは人道的にも法的にも責任を取るべきじゃないかしら?

815 814さん、それはとても危険な発想だと思います。そういう考えが、ナチスのような独裁国家を生み出すんじゃないですか? 人権が、なぜ国際人権法で国際的に保護されているかを勉強しなおしてから発言したほうがいいですよ。

816 俺も815に賛成。こんなことで警察が橋爪さんに事情聴取するような世の中になったら、なんでもありになってしまうぞ?

817　人権＞＞＞＞＞＞橋爪＞＞＞＞＞＞脇坂ｗ

818　真犯人＞脇坂＞橋爪＞人権ｗｗｗ

819　橋爪健太郎って、担当編集者に小説書かせてたって本当かな？　本当なら、とんでもない詐欺師じゃね？

820　だとしたら大変だぞ。ベストセラー作品は何本もあるし、それが全部、森野って編集者が書いていたとしたら、そりゃ金くらい強請りたくなるだろう？

821　『遺書』の内容通りなら、橋爪先生の気持ちわかる気がするよ。じつは全部担当編集者の作品だったなんて暴露されたら生き恥晒すのもいいとこでしょ。森野さんの口を塞ごうって気にもなるんじゃないのかな。

8

特設ステージに置かれたスツールに座った泰平は、久々のテレビに緊張しているのか顔が強張《こわば》っていた。

一夫は泰平の肉親ということではなく、各新聞社に振り分けられた観覧枠の代表としてスタジオ入りしていた。「春木賞」作家・脇坂宗五郎の『遺書』の刊行記念記者会見で取材した流れで、今回の生放送の取材にも抜擢《ばってき》されたのだ。

「あら、やだ、父さんったら、あんなに緊張しちゃって」

早苗が、正夫の肩を叩きながら言った。

「仕方ないさ〜。久々の生放送なんだからさぁ」

正夫が、肩を擦りつつ穏やかな口調で言った。

稲は、若いカメラマンの隆起する肩の筋肉を凝視していた。

「ねえねえ、父さん、掌に人って字を書いて飲んで。そうしたら、緊張が……」

「姉さん、お兄ちゃんにお願いして特別に入れて貰ったんだから静かにしてよ」

若菜が、早苗を窘《たしな》めた。

思春期真っただ中の達夫は、家族と距離を置き他人のふりをしていた。

「緊急生放送！　渦中《かちゅう》の『遺書』の是非について徹底討論！」というテーマの二時間生放送に、脇坂宗五郎もテレビ中継だが出演する。

泰平には「否定派」の代表として出演オファーがきたらしい。

十四年前、「上用賀バラバラ殺人事件」が発生した直後、被害者の森野啓介の親戚代表としてワイドショーや情報番組に多数出演したことがオファーの決め手になったのだろうと部長が言っていた。

番組は既に前半の一時間が過ぎており、肯定派と否定派が激論を交わしていた。

肯定派は『遺書』の版元の「早雲出版」の副編集長の志田、文芸評論家の松井、フリージャーナリストの加藤、否定派は弁護士の阿藤、「どんぐり出版」の編集長の中富、大学教授の野島となっており、後半戦からは肯定派の大将として脇坂、否定派の大将として泰平が討論会に参加する。

「では、さっきからなにか言いたげな松井さん、どうぞ」

ＭＣの上坂旬《かみさかしゅん》が、お得意の人を食ったような言い回しで松井を促した。

上坂は子役上がりの役者だが、歯に衣着せぬコメントと媚びない姿勢が主婦層に受けて、ここ数年でバラエティ番組や情報番組のレギュラーを八本抱えるまでの売れっ子となった。

いまどきの若いタレントは、上坂のことを役者だと知らない者が増えている。

「ねえあなた、なんか、上坂さんって、嫌な感じよね？」

早苗が、正夫の肩を叩きながら言った。

「仕方ないさ〜。これだけのアクの強そうなコメンテーターを仕切るんだからさぁ」

正夫が、肩を擦りつつ穏やかな口調で言った。

稲は、照明スタッフのきゅっと引き締まった尻を凝視していた。

「ねえねえ、父さん、貧乏揺すりしてるわよ。いらいらしないでリラックス……」

「姉さん、プロデューサーさんやスタッフさんに聞かれたら恥ずかしいから静かにしてよ」

若菜が、早苗を窘めた。

思春期真っただ中の達夫は、家族の会話が聞こえないふりをしているようだ。

「否定派のみなさんは口を開けば人権侵害だとか名誉毀損だとかおっしゃるが、そもそも脇坂先生は、ただの一言も橋爪健太郎先生の名前も森野啓介さんの名前も出していません。名前が似ているとか仕事が同じとか、そんなことを言い出したらキリがありませんよ。たとえば、鈴木たかしという名前の登場人物が飲食店で働いていたら、日本中の飲食店に働いている鈴木たかしさんが名誉毀損罪や侮辱罪で訴訟を起こすんですか？」

「そうですよ。人間という生き物は……」

「誰が発言していいって言いましたか〜」

松井に追従しようとした志田を、皮肉っぽく上坂が窘めた。

「あ、すみません。いいですか？」

「どうぞどうぞ」

改めて許可を取る志田を、上坂が悪戯《いたずら》っぽい笑顔で促した。きついことを言うだけでなく、この茶目っ気が上坂の憎めないところだ。

「否定派のみなさんの思想は危険です。なんでもかんでもヒステリーに騒がれたら、小説家はなにも書けなくなりますよ。こんなことで出版差し止めだ訴訟だと騒いでいたら、額に大きな黒子《ほくろ》のある人を書いたら、日本全国の同じ箇所に黒子のある人達が訴えるようになりますよ？」

志田が人を食ったような顔で、否定派のコメンテーターを見渡した。

弁護士の阿藤が呆れたように小さく首を横に振りながら手を挙げた。

「あの出版社のハンチング帽、なにわけのわからないことを言ってるのかしら！　額に黒子のある人の話と啓介さん達を冒瀆したような本を出したことを一緒くたにされたら、たまったものじゃないわよっ。ねえ、あなた？」

早苗が、正夫の肩を叩きながら言った。

「仕方ないさ～。作家先生を差し置いて出版社が謝るわけにはいかないんだからさぁ」

正夫が、肩を擦りつつ穏やかな口調で言った。

稲は、ガンマイクを先端に取りつけたブームと呼ばれる長い棒を支える音声スタッフの前腕伸筋群を凝視していた。

「あらやだ、父さん、その靴下を穿いてきちゃったの？　中学生じゃあるまいし、白いソックスはおかしいわよ。ねえ、あなた？」

早苗が正夫の肩を叩こうとしたが躱《かわ》された。

「仕方ないさ～。白のソックスがスーツの隣に出してあったんだからさぁ」

早苗の手を躱しつつ、正夫が穏やかな口調で言った。

「それは、私の責任ですね」

稲が物静かな口調で言いながら、大道具スタッフの分厚い大胸筋を凝視していた。

「あ……お義母《かあ》さん、すみません……そういう意味で言ったんじゃないんです」

「義兄《にい》さんまで、生放送中なのよ。そういうことはスタジオを出てから言ってよ」

若菜が、慌てて釈明する正夫を窘めた。

思春期真っただ中の達夫は、家族との距離をさらに一歩置く。

「はい、なに言っちゃって、みたいな顔をしている阿藤さん」

冗談めかして言いながら、上坂が阿藤を指した。

「あなた達は、表現の自由や出版の自由を都合のいいように解釈しています。脇坂先生が橋爪先生の名前を出したことがないとか、同姓同名の人や同じ位置に黒子のある人を偶然に書いても抗議されてしまうとか、そんなの詭弁《きべん》ですよ。いいですか？　刑法二三一条の侮辱罪は、事実を摘《てき》示《し》することなく公然と他人を侮辱する罪です。他人の人格的価値を否定する判断を表示して、その名誉感情を害するような一切の行為をいい、口頭・文書を問わない。刑法二三〇条の名誉毀損罪は、事実の摘示によって公然と人の社会的評価を低下させる恐れのある行為をした罪です。おわかりですか？　脇坂先生は、なんの事実も摘示することなく、橋爪健太郎先生の社会的評価を著しく失墜させました。侮辱罪の刑罰は一日から三十日未満の拘留、または千円以上、一万円未満の科料程度ですが、名誉毀損罪は三年以下の懲役もしくは禁錮または五十万円以下の罰金刑となっています。脇坂先生は橋爪先生にたいしての憶測で社会的評価を低下させた……つまり、事実の摘示はしていません。ですが、脇坂先生の出版した『遺書』のでたらめな内容で、橋爪先生の社会的評価が低下したという事実は名誉毀損罪として適用されます」

阿藤が、理路整然と脇坂の罪を説明した。

泰平は、落ち着かない仕草で何度も腕時計に視線を落としていた。

予定よりも議論が白熱して、大幅に出番が遅れていた。収録ではないので、押したぶんだけ泰平の出番は少なくなる。

「そうよっ、啓介さんを侮辱したんだから、脇坂先生なんて警察に捕まればいいのよ！　ねえ、あなたはどう思う？」

早苗が、憤然とした口調で吐き捨てた。

「もちろん、僕も腹立たしいさ～。でも、罪を犯したわけじゃないからね～」

正夫が、遠慮がちながらも持論を述べた。

「私が白い靴下を用意したのは、罪なんですかねぇ」

稲が、走り回るＡＤのふくらはぎを視線で追いながら皮肉っぽく呟いた。

「罪だなんて……お義母さん、僕はそんなつもりは……」

「脇坂先生が罪を犯してないですって⁉　コメンテーターの人も侮辱罪だと言ってるじゃないっ」

狼狽《ろうばい》する正夫の腕を摑み、早苗が咎めた。

「君、知らなかったのかい？　死人には侮辱罪は適用されないんだよぉ」

正夫が得意げな顔で言った。

「私はそういうことを言ってるんじゃないの！」

早苗が物凄い形相で正夫に詰め寄る。

「ふたりとも、静かにできないなら帰ってくれないかな？」

若菜が、周囲を気にしながら声を潜めた。

達夫が振り返り、呆れた顔で早苗と正夫を見た。

「あれ、加藤さん、今日、初めての発言ですね？　フリージャーナリスト魂で、強烈なコメントお願いします！」

上坂が、挙手して発言を求める加藤を煽った。

「任せてください。阿藤さん、弁護士さんにこんなことを言うのは釈迦に説法ですが、刑法二三〇条の二、違法性が阻却《そきやく》される場合、というのをご存じですよね？　脇坂先生が摘示した事実……つまり、『遺書』に書かれた内容が『公共の利害に関する事実』であり、目的が『公益』であり、加えて『真実性が証明された』場合には、名誉毀損罪は立証しないということを」

加藤が得意げに言った。

すかさず阿藤が挙手する。

「ええ、もちろん、知ってますよ。まるで、ネットから引用した言葉をそのまま口にしてるって感じですね？　では、私がウィキペディアに載っていないような知識を教えて差し上げます。たしかに、加藤さんがご説明くださった刑法二三〇条の二、違法性が阻却される場合、は『真実性が証明された』場合には適用されますが、脇坂先生の場合は印税という莫大な利益が見込める出版物に橋爪先生のことを書いてらっしゃる点が、『公益目的』ではなく『私益目的』と判断されるので、名誉毀損罪が阻却されることはありません。あしからず」

阿藤が、薄笑いを浮かべながら言った。

「私からも、言わせてください！」

否定派の中富が、鬼の形相で手を挙げた。

「ある意味、『どんぐり出版』さんも被害者ですよね？　だって、亡くなった森野啓介さんだけじゃなくて、当時、森野さんのアシスタントだった島崎梨乃さんという方に似たキャラクターも登場して、橋爪先生らしき人を脅してますもんね？」

上坂が、呆れたような笑いを浮かべつつ、手を挙げた中富に同意を求めた。

「そうよ。脇坂先生は『遺書』で、三人の罪なき人間を憶測で犯人扱いしているんだから」

「本当に、そうなのかしらねぇ」

稲が含みのある物言いをしながら、プロデューサーの丸太のような逞《たくま》しい太腿を凝視していた。

「なに？　母さん、それ、どういう意味？　アシスタントの胸の大きな子はさておき、橋爪先生や啓介さんが本にあった通りの罪人だとでも言いたいの？」

「あら、早苗、誰がそんなふうに言いましたか？」

プロデューサーの太腿から尻に視線を移しながら、稲が物静かな声で訊ね返した。

「え？　母さんいま、本当にそうなのかしらねぇ、って、言ったじゃない？」

早苗が、稲に詰め寄った。正夫は、達夫のように二人と距離を置いた。達夫と違うのは、恥ずかしいからではなく義母と妻の揉め事に巻き込まれたくないからだろう。

「ええ、言いましたよ。でも、橋爪先生や啓介さんが罪人なんて言ってませんよ。私は、脇坂先生に意図的な悪意があって、『遺書』を書いたと決めつけるのはどうかと思っただけですよ」

「どうして脇坂先生の肩を持つのよ⁉　橋爪先生はともかく、啓介さんが侮辱されているのよ？

一夫、あんた、さっきから黙ってないでなんとか言いなさいよっ」

「僕は話に入れないから」

一夫は、素っ気なく言った。

「なんでよ？」

早苗が、怪訝な顔を一夫に向けた。

「僕は山野家の人間としてじゃなく、新聞記者としてきてるんだ」

「なーにが新聞記者としてきてるよ……」

「悪いけど、邪魔しないでくれるかな？　若菜が言うように、おとなしく見学できないならスタジオから出て貰うよ」

一夫は冷たく言い残し、早苗に背を向けた。

「ちょっと、上坂さん、あなた否定派の味方ですか⁉」

「早雲出版」の志田が、上坂に厳しい口調で食ってかかった。

「はい？　僕が否定派の味方とはどういうことでしょう？」

丁寧な言葉遣いで口もとを綻ばせていたが、上坂の瞳は笑っていなかった。

「そのままの意味ですよ！　いま、『どんぐり出版』さんも被害者ですよね？って、言ったじゃないですか⁉　ＭＣというのは本来中立の立場じゃなきゃいけないものなのに、上坂さんの発言は完全に否定派贔屓《びいき》じゃないですか！」

志田が声高に上坂にダメを出した。

「はぁ？　あなた、なにを言ってるんですか？　ＭＣがいつ、対立するコメンテーターの中立の立場に決まったんですか？　僕の考える理想のＭＣっていうのは、視聴者の声を代弁することだと思ってますけど？　正直、視聴者の大部分は『遺書』の内容に首を傾《かし》げてますよ。番組のプロデューサーからなにを言われているか知りませんけど、僕はＭＣとして、その疑問を抱く立場で番組を進行していますから」

「ということは、上坂さんは……」

「はい、ここまでで一す。この番組は、僕と志田さんが意見を戦わせる場ではないですから。ということで話を戻して……お待たせしました、中富さん、どうぞ！」

上坂が冷淡に志田を遮り、一転した笑顔を中富に向けた。

「志田君、ウチの編集者二人を脅迫犯に仕立て上げた本を刊行しておいて、ＭＣに絡んでいる場合じゃないだろう？　上坂さんにどうこう言う前に、橋爪先生、亡き森野君、それから島崎君に詫びるのが先じゃないか？」

中富が志田を窘めた。

「はい、僕はここから先は間に入りませんので、思う存分意見を戦わせてくださーい」

上坂が軽妙な調子で討論を促した。

「先輩にお言葉ですが、出版社の編集長とは思えない発言ですね。作者がフィクションと言う以上、フィクションとして扱うのが出版社の務めでしょう？　なにがなんでも作者を守るのが出版社というものです。おわかりですか？」

志田が小馬鹿にしたように言った。

「編集者の在りかたを諭しているつもりか？　わかってないのは、お前のほうだよ。出版社が作者を守るのは当然だが、故人を冒瀆するような人間は別だ。作者は神じゃないし、編集者は奴隷じゃない。間違っているときには間違っていると諭し聞かせられるのが、真の意味での編集者の在りかただろう？　おわかりかな？」

中富が、皮肉っぽく切り返した。

「誰も、編集者は奴隷なんて思っていませんよ。先輩のほうこそ、売れる作家ばかりにすり寄って雑用係みたいに動き回ってるじゃないですか。聞きましたよ。橋爪先生が新作にスイスのジュネーブが舞台として出てくると言えば、往復数十万も出してビジネスクラスのチケットを取り、ホテルも一泊十万前後する五つ星を用意するらしいじゃないですか？」

志田が与党の政策の矛盾を追及する野党の代表のように鋭く切り込んだ。

「橋爪先生は、ウチでこれまでに累計四百万部以上もヒット作を出されている。これだけ利益を出して頂いているのに、ビジネスクラスや五つ星のホテルを用意するのはあたりまえだろう？むしろ、ファーストクラスをご用意してなくて申し訳ないくらいだよ」

中富が肩を竦《すく》めた。

「ええ、もちろん、わかってますよ。取材費用に百万円かかったところで、ジュネーブがメインの舞台ならわかります。でも、私もそのときの作品を読みましたが、メインどころか十行しかジュネーブについて触れてませんでしたから。あんなの、ガイドブックを読んだだけで十分ですから」

志田も中富の真似をするように肩を竦めた。

「いやいや、作家の世界って凄いんですねぇ！　十行で百万の取材費なんて、ロケ弁の値段を削られているテレビ業界からしたら羨ましいかぎりですよ～。ねえ、八木？」

上坂が雛壇《ひなだん》の芸人に話を振った。

「俺、いまから小説家に転向しようかな？」

惚《とぼ》けた顔で八木が切り返す。

ＭＣと雛壇タレントとの軽妙なやり取りが、「アフターキング」の高視聴率の要因の一つだった。

「上坂さん、違うんですよ」

中富が苦笑いしながら手を挙げた。

「なにが違うんですか？　十行で百万の取材費を出すなんて、我々の世界で言えば野々山みたいにろくでもないコメントしか出さない雛壇芸人をレギュラーで使い続けてギャラを垂れ流すようなものですよ？」

上坂が野々山にちらりと視線をやりながら言うと、ほかの雛壇タレントが爆笑した。

「また、そんな意地悪を言う～。それに、僕は芸人じゃなくて一応、元アイドルだから」

「はいはい」

半泣き顔で抗議する野々山を上坂が冷たくスルーするのも、「アフターキング」のお約束の流れだった。

「野々山さんと橋爪先生は一緒にできませんよ」

「ちょっと編集長ぉ〜」

中富の言葉に、野々山がふたたび半泣き顔になった。

「黙ってて、いま、編集長が発言する時間なんだから。すみません、続けてください」

上坂が野々山をバッサリと切り捨て、中富を促した。

「たしかに、橋爪先生はジュネーブのシーンを十行ほどしか書きませんでした。ですが、『ハイエナは笑う』は、三十万部の大ベストセラーになりました。単純計算で、数千万の利益が出ます。だから、橋爪先生の原作権を狙っている出版社は十数社になります。たとえ、ジュネーブのシーンが十行しか書かれてなくても、重要なのはそこではありません。百万円の取材費を使うことで、数千万の利益が見込める原作権を勝ち取った……費用対効果を優先した戦略と言えば、ご理解頂けますよね？」

中富が自信満々の顔で言った。

「ほらっ、それですよ、それ！」

志田が興奮気味の口調で言いながらコメンテーター席から身を乗り出し、反対側の席にいる中富を指差した。

「だから結局、大事な大事な橋爪先生のご機嫌を取るために先輩は、登場人物の名前が似ていて仕事が同じ作家というだけで、過剰に反応してウチと脇坂先生を叩いているに過ぎないんですよ！　もし、『遺書』に登場した作家がマイナーな作家だったら、担当していたとしても先輩は黙認したはずです。つまり、先輩は、金のなる木かならない木かで立場をコロコロと……」

「はいっ、では、予定より十五分も押してしまいましたので、ここでスペシャルゲストに登場して貰いましょう！　肯定派からは、まさに今日のテーマである『遺書』の作者、「春木賞」作家の脇坂宗五郎先生でーす！　なお、脇坂先生は新作の執筆で都内某所のホテルからの中継出演となりまーす！　脇坂先生、お待たせしてすみませーん！　はじめまして、ＭＣの上坂です！　本日は、よろしくお願いしまーす！」

上坂の背後――スタジオの特大モニターに映し出された脇坂は、原稿用紙が山積したデスクに座っていた。

脇坂はパソコンではなく手書きのようだった。

『橋爪君なら、こんなに待たせたりしないんだろう？』

脇坂が唇の端を皮肉っぽくねじ曲げた。

「イジメないでくださいよ〜。そんなわけないじゃないですか〜」

上坂が、苦笑しながら言った。

『冗談じゃよ、冗談。君も子役から芸能界にいるんだから、そのくらいわかるだろう？　ところで、わしはなにを話せばいいのかな？』

「ほっとしました。寿命が縮まるかと思いましたよ。今日、脇坂さんともうお一人、否定派にスペシャルゲストがいらっしゃるんで、バチバチと討論して頂きたいんですがよろしいでしょうかー？」

一夫は特大モニターから特設ステージに視線を移した。

泰平はいらついたように、スツールで足をぶらぶらとさせていた。

『ほう、それは愉しみじゃな？　討論相手は誰かな？　まさか、橋爪君じゃないだろうね？　まあ、それはそれでやり甲斐があるがね』

余裕たっぷりに脇坂は笑った。

「残念ながら、橋爪先生ではありません。ですが、脇坂先生が驚くような方です」

『なんだ？　芸能界のご意見番とやらか？　大和田ワキ子とかデボラ夫人とか……』

「いいえ、違います。では、もう一人のスペシャルゲスト、否定派の代表として山野泰平さんに登場願います！　山野さーん、激論が白熱して大変お待たせしてしまいましたー！　はじめまして、ＭＣの上坂です！　本日は、よろしくお願いしまーす！」

カメラが上坂やコメンテーターから十メートルほど離れた特設スタジオに切り替わった。

「どうも、山野泰平です。わしは以前、『リアル磯野家』でシリーズ物の特番をやっていたり、情報番組やバラエティ番組に毎週のように出演しておったから、テレビ局で待つのには慣れておるよ。ほれ、それこそ『上用賀バラバラ殺人事件』の直後には、ワイドショーに引っ張りだこで早朝から深夜までテレビ局を梯子《はしご》したものじゃ」

「はい、では、本日は生放送でお送りしていますから時間にかぎりがありますので……」

「もう少しで終わるから、最後まで聞いてくれんか？」

遮ろうとする上坂を、泰平が逆に遮った。

「待たせるといえば、『マンデーパパラッチ』の生放送では、わしの前の出演者の話が押しまくってのう、それで、本当は三十分の持ち時間が十五分になってしまってな。あれには参った」

参ったと言いながら、泰平の顔は嬉々としていた。

「さすが、テレビ慣れしている山野さんは、いろんな経験をなさってますね～。それでは……」

「逆もあったのう。あれは、『ニュースシックス』という番組じゃった。わしのほかにもう一人予定されていたゲストの大学教授が乗っていたタクシーが交通渋滞に巻き込まれてな。こっちも生放送じゃから、急遽、わしが大学教授のコーナーの穴を埋めることになったんじゃ。二十分の尺と聞いておったから、大学教授が到着しなかった最悪の事態を想定して四十分持たせるつもりでお願いしますと言われたときは、正直、焦った。じゃが、わしには生放送、収録合わせて五十回以上のテレビ出演経験があった。それだけの場数を踏んでいるわしが、できないなんて言えるわけがない」

スタジオの空気感を無視して悦に入る泰平に、上坂は眉間に縦皺を刻んでいた。

モニターの中の脇坂は、憮然とした表情で腕組みしていた。

敵である肯定派のコメンテーターがいらつくのはわかるが、味方であるはずの否定派の面々も一様にいら立った表情になっていた。

「そこでわしは、当初から予定していた『上用賀バラバラ殺人事件』のコメント以外に、啓介とのエピソードもつけ加えたんじゃ。二人で朝まで飲み明かしたこと、二人で囲碁を……」

「お待たせしました！　脇坂先生、どうぞ！」

上坂が痺れを切らしたように、強引に脇坂にゴーサインを出した。

＊

シャム　いま、「アフターキング」観てる？　『遺書』を書いた脇坂って作家が生出演してるぞ！　頑固そうなジジイだな。
イルカ　『遺書』ってなに？　脇坂ってなに？
博士　事件を報じているサイトのURL→https://news.rialpower.com/198255/
ポポ　肯定派と否定派だって（笑）。なんか、エンターテインメントにしてないか？
本の虫　まあ、ワイドショーなんて事件を面白おかしく盛り上げるのが目的だから、珍しくもないでしょ？
弁護士　さっき、『遺書』を出した「早雲出版」と殺された編集者が勤めていた「どんぐり出版」がやり合ってたけど、俺はどんぐり派だな。なにをどう言い繕っても、『遺書』に出てくる殺人犯は橋爪健太郎をモデルにしてるでしょ？
吸血鬼　血を吸ってやる。
リカちゃん　私もそう思う。脇坂って、名前が似てて職種が同じ人を書いたら犯罪者扱いされるのはおかしいって言ってたけど詭弁だと思うわ。
アホウドリ　キベンってなに？
博士　詭弁。「理論に合わない言いくるめの議論」「ごまかしの議論」
シャム　こいつらのせいで、出番が大幅に遅れている脇坂が超不機嫌でウケる。
リンゴ　上坂ってMC、なんかムカつく。
五右衛門　あ、俺も！　最近売れてるからって、調子乗ってるよな？
吸血鬼　血を吸ってやる。
御意見番　視聴者の代弁者みたいなことを言ってるけど、単に私情を挟んでいるだけの男。しょせんは役者上がりの俄《にわ》かMC。
アホウドリ　シジョウってなに？
博士　私情。「個人的感情」
シャム　お！　否定派のスペシャルゲストが出てきたぞ！
毒舌王　誰？　このハゲ眼鏡？
博士　山野泰平。国民的アニメ「サザエさん」と同じ家族構成の山野家の大黒柱。十五年以上前には、「リアル磯野家」というドキュメント番組が人気シリーズとなり、十四年前の「上用賀バラバラ殺人事件」の起こった直後には、被害者の森野啓介と親戚関係にあるということで情報番組やバラエティ番組に引っ張りだこになる。
毒舌王　ふーん、そんな大昔のこと知らね。
リカちゃん　肯定派のスペシャルゲストは『遺書』の作者だからわかるけど、山野っておじいちゃんは、スペシャルゲストにしては小物よね？
通りすがり　初老対決。
五右衛門　なにこいつ？　ベラベラベラベラ、よく喋るじいさんだな。全部、自分の自慢ばっかじゃん。
通りすがり　わし対決。
リカちゃん　昔テレビに出たことが、相当に自慢みたいね。
毒舌王　空気読まないで過去の栄光に浸る馬鹿。
ポテサラ　上坂の顔が、どんどん険しくなっていくｗｗｗ

＊

『泰平さん、わしがいるのを忘れておらんか？　あんたのお喋りで、わしの時間がなくなってしまうではないか？』

口調こそ穏やかだが、脇坂の顔は怒りに紅潮していた。

「あんたこそ、よくものこのこと出てこられたもんじゃな？」

泰平が皮肉っぽく言った。

『今日のテーマは「遺書」の是非じゃから、作者のわしが出演するのは当然じゃろう？　泰平さん、お宅こそ、どうしてここにいるんじゃ？』

脇坂が勝ち誇ったように言った。

「なにを言ってるんじゃ、あんたは？　今日のテーマと『上用賀バラバラ殺人事件』は切っても切り離せないじゃろう？　わしは、啓介の名誉のためにここに出てきたんじゃよ」

泰平は自信満々に言った。

『森野君の名誉のためじゃと⁉　泰平さんこそ、なにを言っておるんだ。「遺書」はわしの創作じゃと言っておるだろう？』

脇坂が白々しく言った。

「まだ、そんなけしからんことを言っておるのか！　創作と言えば、なにを書いても許されると思っておるのか？」

「一つ、泰平さんに訊きたいんだが、いくら森野君が親戚だと言っても、どうしてここまで出しゃばる必要があるんだね？」

「亡くなった親戚を侮辱されたら、黙っておれんに決まっとるじゃろうが！」

興奮した泰平がスツールから立ち上がる。

「山野さーん、座ってくださーい」

上坂が苦笑しながら言った。

『それだけじゃないような気がするんじゃが。泰平さんは、森野君の名誉だなんだと大義名分を掲げてはおるが、自分が目立ちたいだけなんじゃないのかな？　こう言っちゃなんじゃが、「リアル磯野家」が終わってからは完全に、「あの人はいま」状態になった。それが、「上用賀バラバラ殺人事件」が起こり、ワイドショーや情報番組からのオファーが相次いだ。そのときの快感が忘れられないんじゃろう？』

脇坂の挑発的な口調がモニターから響く。

「あの人はいま状態じゃと！　あんたこそ、『春木賞』以降鳴かず飛ばずで、格下じゃった橋爪健太郎がベストセラー作品を連発したことに嫉妬して蹴落とそうとしたんじゃろう⁉　男ならそんな女々しい手段を使わんと、正々堂々と勝負したらどうじゃ！」

泰平も、挑発的に逆襲した。

『誰が鳴かず飛ばずじゃ！　わしは「春木賞」作家じゃ！　役者の世界で言えばアカデミー賞を受賞した役者がわしで、出る映画がたまたまヒット続きの運のいい役者が橋爪じゃ。わしと橋爪では格が違うんじゃよ、格が！　そんな格下に、どうしてわしが嫉妬する！　だいたい、国民的アニメと同じ家族構成で名前を寄せてまぐれで注目されただけの男に、わかったようなことを言われたくないわ！』

モニター越しに指差しながら脇坂が泰平に怒声を浴びせた。

「まぐれで注目されただけの男じゃと⁉」

泰平がスツールを下り、茹でダコのように顔を赤らめモニターに歩み寄った。

「お父さんっ、なにやってるの⁉　みっともないことはやめて！」

「どこに行く気ですか？　いまは、生放送中ですよ？」

泰平を連れ戻しに行こうとする早苗の手首を摑み、稲が言った。

「生放送だから、早く止めなきゃ！　父さんの恥が全国に放映されるのよっ」

早苗は稲の手を振り解《ほど》こうとしながら叫んだ。

「生放送だからやめなさいと言ってるんです」

還暦過ぎの女性とは思えない握力で稲は早苗の手首を離さなかった。

「母さん、なにを言ってるのよっ」

「あなたこそ、なにを言ってるんですか？　娘がスタジオに乗り込んで父親を止める映像が全国に流れてごらんなさい。それこそ、父さんがいい恥晒しになるのがわからない？　それとも、父さんの威厳を失墜させるためにわざとやってるんですか？」

「なにそれ⁉　どうして私が父さんの威厳を失墜させなきゃならないのよ⁉」

早苗が気色ばんだ。

一夫は視線を泰平と脇坂のバトルに戻した。

『まぐれじゃろうが⁉　だいたい、泰平さん、あんたはテレビに出るような人ではない。「リアル磯野家」の大黒柱とかなんとか持ち上げられて勘違いしておるようだからはっきり教えておいてやるが、山野泰平は芸能人でも文化人でもなく平凡なサラリーマンなんじゃよ！

一方わしは、「春木賞」作家じゃ。著名な文化人じゃ。そんなわしと泰平さんが同じ土俵で向き合うのは釣り合いが取れんのだよ。野球で言えばわしが長嶋茂雄であんたが草野球のおじさん、車で言えばわしがマイバッハであんたはレンタカー、映画で言えばわしがアカデミー賞受賞作品であんたは単館レイトショー……このくらいの開きがあるんじゃ。「アフターキング」のプロデューサーも焼きが回ったとしか思えんキャスティングじゃよ』

脇坂の侮辱、冒瀆、暴言の嵐に、泰平の顔がみるみる紅潮した。

「おのれ、脇坂……思い上がるんじゃないわ！『春木賞』がなんじゃ！　作家がなんじゃ！　社会不適合者の引き籠りじゃろうが！　わしはちっともお前なんぞ羨ましくないぞ！　脇坂宗五郎のことは小説に興味のない人間は知らんが、『リアル磯野家』のことはみんな知っておる！」

モニターに大写しになる脇坂を指差しながら、泰平は口角泡を飛ばしわめいた。

「お兄ちゃん、母さんと姉さんをなんとかしてよ」

若菜が一夫の腕を引いた。

「早苗は、父さんがいつまでも主役だと困るんですよね？」

冷え冷えとした笑みを口角に張り付けた稲が早苗を見る。

「母さん……それ、どういう意味よ⁉」

早苗が気色ばみ、稲を睨みつけた。

稲と早苗の小競り合いが続く中、達夫は雑音をシャットアウトするためなのか、いつの間にかヘッドフォンをつけていた。

「義兄さんに頼めよ」

「ああやって逃げている人に、頼めると思う？」

若菜が指差す先――正夫がスタジオの隅でスマートフォンを耳に当てていた。

「僕は仕事でここにいるんだ。くだらない親子喧嘩の仲裁に入っている暇はないよ」

一夫はにべもなく言うと、若菜に背を向け達夫に歩み寄った――背後からヘッドフォンを取り上げた。

「あ、なにするんだよ？」

達夫が振り返り、眉尻を吊り上げ睨みつけてきた。

ついこのあいだまでは幼い頃の素直な達夫だったが、ここ最近、髪型や服装が急激に変化した。ルーズなストリート系の衣服を好むようになり、髪はワックスでスタイリングし、眉尻は細く整えていた。

「見学させて貰っているのに、スタジオでヘッドフォンなんてつけていたら、スタッフさんに失礼だろう？」

一夫は諭し聞かせた。

「だったら、あいつらをなんとかしろよ。スタジオで喧嘩するなんて、僕より失礼だろ？」

達夫が、稲と早苗にちらりと視線をやりながら吐き捨てた。

「だからって、お前がヘッドフォンをつけていいって話にはならない。それとこれとは別の話だ。

男の子なら逃げてないで、仲裁してみろよ」

「別に、俺には関係ないから」

「そっくりだな」

「なにが？」

達夫が怪訝な顔を向けた。

「そうやって嫌なこと、面倒なことに興味なさそうにしたり気づかないふりをするところが、義兄さんそっくりだと言ったんだよ」

一夫は淡々とした口調で言った。

「ふざけんなっ。あんな奴と一緒にすんな！」

達夫が血相を変えた。その横では稲と早苗の言い合いが続いている。

「私が知らないとでも思ったんですか？　あなた、生放送が始まってから父さんが緊張していることやイラついていることを、心配したふうを装っていたでしょう？　スタッフさんに聞かせるために、わざとやっていたんじゃないんですか？」

窺うように稲が言った。

「まあ、呆れた！　母さんは、そんなふうに思っていたの⁉　私は本当に父さんのことを……」

「嘘をおっしゃい。あなたのことは、すべてお見通しよ。父さんが頼りなくて小心なイメージをプロデューサーさんに植えつけるのと同時に、実権は自分と正夫さんが握っているっていうことをアピールしたかったんでしょう？」

心外というふうに反論しようとする早苗を、稲が遮った。

「こらっ、離さんか！」

泰平の怒声に、稲と早苗がほとんど同時に振り返った。

スタジオでは「どんぐり出版」の中富が、泰平を羽交《はが》い絞《じ》めにしていた。

「山野さん、お気持ちはわかりますが視聴者の心証が悪くなりますので、落ち着いてくださいっ」

「わしは、自分が侮辱されたから怒っとるんではないっ。己の私怨と利益のためだけに無実の橋爪君を殺人犯の如く書き、故人の啓介を凶悪犯の如く書いておきながら、しれっとした顔で創作だからなにも悪くないという開き直った脇坂の態度が許せんのじゃよ！」

泰平は足をバタバタさせ、こめかみと首筋に血管を浮き立たせつつ訴えた。

「編集長の言う通りです、山野さん、少し落ち着きましょう。ここは討論の場ですから、いくらでも言いたいことをぶちまけてもらって構いませんから」

上坂が泰平を取りなした。

『そうじゃよ。いい年して、みっともないのう』

追い討ちをかけるように脇坂が挑発した。

「脇坂先生も大人げない言動は控えてくださ〜い」

上坂が苦笑しつつ言った。

「わかった。そっちが反省する気がないというのなら、わしにも考えがある。大丈夫じゃから、もう離してくれ」

それまでとは一転し落ち着いた口調で言うと、泰平はスツールに戻った。

「わしからあんたに提案がある。橋爪君が犯人じゃないとわかったら、この番組で橋爪君はもちろん、啓介の奥さんにも謝罪するんじゃ」

泰平の発言に、スタジオがざわめいた。

「また父さんったら、目立とうとしてあんなこと言っちゃって！」

早苗が目尻を吊り上げた。

「あら、どうして？　早苗だって否定派でしょ？　父さんの提案、そんなにおかしなことじゃないと思いますけど？　あなたにとって、なにか不都合なことでも？」

稲の探るような眼が早苗を見据えた。

「そ、それはそうだけど……あんな醜態を見せた後にこんなこと言ったら好感度が……」

「下がらないですよ。逆に、毅然とした態度で橋爪先生や啓介さんと遺族にたいして謝罪を求めた姿は好感度が上がるんじゃないかしら？　それとも、父さんの好感度が上がると困ることでもあるんですか？」

早苗の心を見透かしたように、稲が詰めた。

「お母さん、もうそのへんにして。お姉ちゃんも、言い返さないで」

稲と早苗の顔を交互に見ながら、若菜が押し殺した声で言った。

稲が微笑みを残し、視線を早苗からスタッフ達の尻、太腿、ふくらはぎ、上腕二頭筋、三角筋、広背筋を経由して泰平に移した。

早苗は稲の背中を物凄い形相で睨みつけ、若菜は疲れた顔で首を横に振っていた。

スタジオの隅でスマートフォンを耳に当てていた正夫が、義母と妻の諍《いさか》いが終わったのを見計らい、なに食わぬ顔で戻ってきた。

「脇坂先生、山野さんがこうおっしゃってますが、橋爪健太郎先生と森野啓介さんが『遺書』に書かれているようなことがないと……つまり、殺人、ゴーストライターの件ですが、なんらかの形で証明されたなら謝罪をなさいますか？　それとも、『遺書』に出てくる登場人物はあくまでもフィクションだから謝罪する必要はない、とお考えなのかを聞かせてください！」

テレビ的においしい展開を嗅ぎつけた上坂が、声を張り盛り上げた。

『よかろう。そのときは潔く謝罪をしに、そちらに伺おうじゃないか』

「え！　山野さんの提案をお呑みになるんですか⁉」

脇坂の言葉に上坂が驚きの声を上げた。上坂だけではなく、肯定派と否定派のコメンテーター、提案した張本人の泰平も驚いていた。

『わしに二言はない。ただし、もし、「遺書」に書いてあるような結果になったら、泰平さんにこの番組でわしに謝罪してほしい。脇坂先生と「遺書」を侮辱するようなまねをして申し訳ありませんでした……とな。どうじゃ？　この条件呑めるか？』

「なんじゃと……」

モニター越しに不敵な表情で詰め寄る脇坂に、泰平が絶句した。

＊

マジレス　真堂がＳＮＳの住人について書いてるぞ。

《現実社会の人間と触れ合わなくなった代わりに、SNSの世界で知り合ったネット住人達との関係性が重要になる。

SNSに書かれていることこそが真実であり、SNSでの評価がすべてになる。

〈あの店は気に入らない相手の飲食物に店員が鼻糞や唾液を混入している〉

〈あの店の出汁は野良猫の骨から取っている〉

〈あの店の調理長は昔、O－157で十五人の食中毒死騒ぎを起こした焼き肉店の店長だった〉

〈あの店は飲み残しのワインを注ぎ足し、ボトルだけ変えている〉

いまは、個人の書き込みで飲食店を潰すことが可能な時代だ。

たとえ根も葉もないでたらめであっても、書かれた店はかなりのダメージを被る。

SNSの世界に真実はいらない。重要なのは、SNSに書かれたということ、不特定多数のネット住人が読むということ、読んだ人が拡散して中傷が広がり、ある一定数が信じた瞬間に「中傷」はマジョリティの中の「真実」になってしまうということだ。》

真堂が言いたいのは、『遺書』に関してSNSで盛り上がれば盛り上がるほどに拡散して真実が見えなくなってくる……ということじゃないかな。

毒舌王　『遺書』のこと危惧する前に、てめえの作品の心配しろって！　文章も稚拙で下品で雑で、てめえの作品の真実が見えなくなってるからｗｗｗ

いろはす　たしかに、真堂の作品は読んでるとこ人にみられたくないな。え？　こんなの読んでるの⁉って引かれるの間違いないから藁

チワワ　私、昔、真堂作品に嵌《はま》ってる時期があって、とくに黒真堂作品が好きで、当時つき合っていた彼氏に「メシア」や「阿鼻叫喚」や「クマ鼠」が書棚に並んでるのを見られて、フラれたことある（泣）。お前みたいな変態趣味の女とつき合えない……だって。

通りすがり　AV＞エロ本＞＞＞＞＞＞＞＞＞＞＞＞＞＞＞＞＞＞＞＞＞真堂作品

ガリレオ　SNSがどーちゃらこーちゃら言ってるけど、自分もSNS使って訴えてるから。こいつ、ウィキペディアみたら中卒だって。まぐれで小説家になって勘違いしてるけど、ぶっちゃけ、頭悪いからｗｗｗ

奴隷　真堂の写真見たけど、ヤバくね？　どう見ても、ハングレかAV男優か詐欺師のホストじゃん（笑）

事情通　ウィキからの情報だけど、真堂は小説家としてデビューする前は、十代から覚醒剤の売人をやっていたらしい。

植毛侍　覚醒剤の売人って……犯罪者じゃん！

毒舌王　真堂には、小説家より売人のほうが似合ってるな。芸術家気取ってないでチンピラの世界に戻ればって感じ。

事情通　ウィキからの情報だけど、真堂は小説家デビューする前は、二十代後半から臓器ブローカーをやっていたらしい。

植毛侍　臓器ブローカーって……犯罪者じゃん！

毒舌王　まあ、真堂なら臓器売買をやっててても驚かないけどな。デビューしたときから、胡散臭いガングロ男だと思ってたんだよ。

通りすがり　ヤクザ∨闇金融∨オレオレ詐欺∨真堂∨幼女愛好家

X　いま繰り広げられていることが、真堂先生が懸念していたSNSの脅威です。事情通さんはウィキからの情報だと言ってますが、正しくはこうです。『真堂正樹（日本の小説家）。十代の頃に闇金融に勤務。二十代後半にはサソリ、タランチュラ、カブトムシなどを戦わせ世界一を決める「世界最強虫王決定戦」DVDシリーズが累計五十万本のロングセラーとなり社会現象を起こす』事情通さんは、闇金融を覚醒剤の売人、「世界最強虫王決定戦」のDVD販売を臓器売買と偽りました。このスレッドを読んだ人のほとんどはウィキを確認することなく、偽りの記事を真実と受け取り拡散するでしょう。そうやって、事情通さんの書いたでたらめなレスによって真堂先生は覚醒剤の売人と臓器ブローカーをやっていたということになってしまうんです。嘘もバレなければ真実です。そもそもが、ウィキ自体も誤情報がよくあります。意図的ではないにしろ、誤情報を正しい情報として受け取った人が拡散して……あとは、さっきと同じ繰り返しです。みなさん、真堂先生がSNSの影響力に警鐘を鳴らしていたのが正しかったということがわかりましたよね？

事情通　出た！　自作自演！

毒舌王　第三者を装わなくてもいいから、正体晒せよ！　頭もガラも態度も悪いお前でも、一応ベストセラー作家なんだからみっともないマネをすんな！

通りすがり　ゴースト作家・橋爪健太郎∨嫉妬作家・脇坂宗五郎∨目立ちたがり屋リアル磯

野家・山野泰平∨ミイデラゴミムシ∨真堂正樹

マフィア　昔の仕事絡みで真堂のことを知ってるけど、彼はそんな姑息なマネをする男じゃない。心に思ったことは、自分の好感度が下がることでも損得勘定抜きで口にしてしまう嘘のつけない男だよ。真堂がもしこのスレッドを読んでいるなら、実名で反論してくるよ。奴は、そういう男だ。

事情通　また降臨！　自作自演！

毒舌王　バレバレなんだよ。とにかく、マスコミがどうのSNSがどうの一丁前に非難する前に、てめえが垂れ流す有害小説をなんとかしろwww

*

「山野さん、脇坂先生から逆提案がきましたよ！　もちろん、断って貰っても構いません！　さあ、どうなさい……ん？　なに？」

場を盛り上げる上坂のもとに、強張った顔で男性アナウンサーが近づきメモを渡した。

「えっ……」

メモに視線を落としていた上坂の表情が険しくなった。

「どうしたんですか⁉」

雛壇の芸人の八木が、上坂に怖々《こわごわ》と訊ねた。

スタジオに緊張感が走り、スタッフの動きが慌ただしくなった。

「たったいま、ニュースが入りました。まずは、ニュース速報をご覧ください」

上坂がカメラ目線で振ると、モニターから脇坂が消えてニューススタジオに切り替わった。

『ニュース速報です。平成〇〇年に世田谷区上用賀でバラバラ死体で発見された「どんぐり出版」編集者の森野啓介さん殺害事件、通称「上用賀バラバラ殺人事件」の容疑者として、警視庁捜査一課は小説家の橋爪健太郎氏と当時森野さんの編集アシスタントだった女性の身柄を確保しました。繰り返します。平成〇〇年に世田谷区上用賀で……』

「んな……」

泰平が表情と声を失った。

上坂、コメンテーター、山野家の面々も絶句していた。

「信じられない展開になりました。いまの速報でもありましたが、十四年前の『上用賀バラバラ殺人事件』で亡くなった森野啓介さんの殺害容疑で、なんと！　今日のテーマの『遺書』で、犯人の橋本健三郎のモデルではないかと言われていた作家の橋爪健太郎氏が身柄を確保されました。いやいや〜こんなことって、あるもんなんだ〜」

上坂が、眼をまん丸に見開き大きく首を横に振った。

「この状況で質問するのはしのびないですが……ＭＣという立場上、そういうわけにもいきません。山野泰平さん……この一報を聞いて、まずは率直なコメントをお願いします」

芝居がかった口調とつらそうな表情で、上坂が泰平にコメントを求めた。

泰平は無言で外した眼鏡を、凝視していた。

五秒、十秒……両手に持った眼鏡に視線を落としたまま泰平の無言は続いた。

泰平が眼鏡を戻そうとしたとき、眼鏡は手から滑り落ち床に転がった拍子に片方のレンズが割れた。

「ショックが大きいようなので、山野さんのコメントは後ほどということで。では代わりに……はい！　そこの君！」

上坂が唐突にスタジオの隅にいた一夫を指差すと、一斉にテレビカメラが向けられた。

「実は彼は、この番組を取材にきている新聞記者であると同時に、山野さんのご子息なんだよね？」

一夫は無言で頷いた。

「いまお父様がこの状態だから、代わりに息子さんの立場としてコメントを貰ってもいいですかぁ？」

上坂の瞳は獲物をみつけた肉食獣のように爛々《らんらん》と輝いていた。

「とくにありません」

「だったら、新聞記者としての立場で答えてくださいよ。あなた、お仕事でここにきているんだから、さっきみたいにとくにありませんじゃ逃げられませんよ」

上坂の眉間に刻まれた縦皺が深くなった。

「どうして、あなたにそこまで言われなければならないのか、意味がわかりません。そもそも上坂さんこそ、どの立場で物を言っているんですか？」

一夫の言葉に、スタジオの空気が凍てついた。

「はぁ⁉　さっきも言っただろう！　僕は視聴者の立場で物を言ってるんだよ！」

眼尻を吊り上げた上坂の甲高い声が、スタジオの空気を切り裂いた。そして見下したような目で一夫を見ると、続けた。

「さあ、僕の立場はご希望通り明確にしましたよ。新聞記者としてのあなたの言葉をいただけますか?」

「……橋爪さんが身柄を拘束されました。しかし、まだそれ以上の情報はありません。しかし……まるで逮捕され、犯罪が確定したかのように盛り上がった雰囲気がスタジオ内に流れているのが気になります」

「はあ? 何を言ってるの? 誰が勝手に盛り上がっているって!」

「いいから聞いて下さい。このことにより、事件は解決に向かうかもしれません。それに関しては、私に限らず誰しもが期待することでしょう。ただ一方で、報道のされかたひとつで生まれる冤罪もあります。事実報道も、コメンテーターの声の調子ひとつ、言葉がひとつ足されるだけでも個人の『主張』や『意見』になることは、上坂さんもよくわかっているでしょう? そして『主張』や『意見』は、視聴者には『事実』として伝わり、刷り込まれる。それだけの力がマスコミにはあるということです。極論を言えば、どんなに可愛い猫ですら『犯人』にしてしまう可能性がある社会、SNSによる『晒し』が横行する無責任な一億総探偵社会、それが現代です」

「ああ、もういいです。そんなことを聞いているんじゃないし、その程度のことはあなたに言われるまでもなくマスコミに携わる人は十分わかっていることですよ。では、あらためて伺います。この速報の『事実』を前に、新聞記者としてどう思われるか教えてくださ〜い」

一夫を見下したような顔で、上坂が訊いてくる。

「……よく考えてみて下さい。この事件について意見を口にしていい権利のある人間は、一人しかいませんよ。少なくとも僕ではない。あなたでもコメンテーターでも視聴者でもありません」

一夫は、冷めた瞳で上坂の燃《も》え滾《たぎ》る瞳を見据えた。

「君にそんなこと言われる筋合いは……」

「よく言った！　さすが、わしの子じゃ！　泰平イズムを受け継いでおる！」

それまで落ちた眼鏡を拾う余裕もなく蒼白な顔で沈黙していた泰平が、息を吹き返したように力強い声で上坂を遮り一夫を褒めた。

「あなたも、この人達と同類です！」

一夫は振り返り泰平を一喝した。そして泰平に歩み寄り、拾い上げた眼鏡を泰平に無言でかけてやるとスタジオの出口に向かった。

背後から、足音が追いかけてきた。

「私も一緒にいい？」

「俺も帰る」

若菜と達夫が、一夫の両脇に並び歩いた。

取り残された山野家の大人達が、呆然と三人の背中を見送った。

ローラーハンドルの防音ドアを開けると、ロビーでモニターを観ていたのだろう三十人前後のマスコミが押しかけていた。

大部分の報道陣が、宇宙人を見るかのような眼を一夫に向ける中、一人が拍手したのに続き、四、五人があとに続いた。

パラパラとした拍手に送られながら、一夫は外へと一歩、足を踏み出した。
一夫の手がふたりの家族の肩に回った。

＊本書はフィクションであり、登場する人物などはすべて架空のものです。

＊本書は「文藝」二〇一八年春季号〜二〇一九年夏季号に連載された「１８３０」を加筆修正の上、改題したものです。

新堂冬樹（しんどう・ふゆき）

一九九八年、『血塗られた神話』で第七回メフィスト賞を受賞。主な著書として『闇の貴族』『ろくでなし』（以上、講談社）、『無間地獄』（幻冬舎）、『カリスマ』『溝鼠』（以上、徳間書店）、『悪の華』（光文社）、『忘れ雪』（角川書店）、『黒い太陽』（祥伝社）、『枕女優』『引き出しの中のラブレター』『白と黒が出会うとき』『傷だらけの果実』『枕女王』（以上、小社刊）他多数。近著に『紙のピアノ』（双葉社）、『夜姫』（幻冬舎）、『血』（中央公論新社）、『痴漢冤罪』（祥伝社）がある。

犯人《はんにん》は、あなたです

二〇一九年一一月二〇日　初版印刷
二〇一九年一一月三〇日　初版発行

著　者　新堂冬樹《しんどうふゆき》
装幀／本文ＡＤ　坂野公一＋吉田友美（welle design）
発行者　小野寺優
発行所　株式会社河出書房新社
〒一五一－〇〇五一　東京都渋谷区千駄ヶ谷二－三二－二
電話　〇三－三四〇四－一二〇一［営業］
〇三－三四〇四－八六一一［編集］
http://www.kawade.co.jp/
組　版　株式会社キャップス
印　刷　図書印刷株式会社
製　本　図書印刷株式会社

Printed in Japan　ISBN978-4-309-02842-2